大きな文字でもう一度読みたい

文豪の名作短編集

彩図社文芸部　編纂

序

本書は、小さな文字が見え辛くなってきた方にも読書を楽しんでいただきたいという思いから、文豪たちの名作を、読みやすい、大きな文字で収録しました。

本を持つ手が疲れにくいように、判型も文庫版にしました。

芥川龍之介の「トロッコ」、有島武郎の「一房の葡萄」など、かつて教科書によく掲載されていた作品から、戦後、日本中に衝撃を与えた坂口安吾の「堕落論《だらくろん》」まで、8人の名だたる文豪たちによる短編を収録しています。

文豪たちの編み出す懐かしく美しい世界を、ご堪能いただければ編集部にとってこれ以上にうれしいことはありません。

目次

トロッコ　芥川龍之介……8
よだかの星　宮沢賢治……26
一房の葡萄　有島武郎……48
走れメロス　太宰治……72
高瀬舟　森鷗外……110
檸檬　梶井基次郎……142
耳無芳一の話　小泉八雲／戸川明三訳……161
堕落論　坂口安吾……193

大きな文字でもう一度読みたい

文豪の名作短編集

トロッコ

芥川龍之介

小田原熱海《あたみ》間に、軽便鉄道敷設《ふせつ》の工事が始まったのは、良平《りょうへい》の八つの年だった。良平は毎日村外《はず》れへ、その工事を見物に行った。工事を――といったところが、唯《ただ》トロッコで土を運搬する――それが面白さに見に行ったのである。

トロッコの上には土工が二人、土を積んだ後《うしろ》に佇《たたず》んでいる。トロッコは山を下《くだ》るのだから、人手を借りずに走って来る。煽《あお》るように車台が動いたり、土工の袢天《はんてん》の裾《すそ》がひらついたり、細い線路がしなったり——良平はそんなけしきを眺《なが》めながら、土工になりたいと思う事がある。せめては一度でも土工と一しょに、トロッコへ乗りたいと思う事もある。トロッコは村外れの平地へ来ると、自然とそこに止まってしまう。と同時に土工たちは、身軽にトロッコを飛び降りるが早いか、その線路の終点へ車の土をぶちまける。それから今度はトロッコを押し押し、もと来た山の方へ登り始める。良平はその時乗れないまでも、押す事さえ出来たらと思うのである。

ある夕方、——それは二月の初旬だった。良平は二つ下の弟や、弟と同じ年の隣の子供と、トロッコの置いてある村外れへ行った。トロッコは泥だらけになったまま、薄明るい中に並んでいる。が、その外《ほか》はどこを見ても、土工たちの姿は見えなかった。三人の子供は恐る恐る、一番端《はし》にあるトロッコを押した。トロッコは三人の力が揃《そろ》うと、突然ごろりと車輪をまわした。良平はこの音にひやりとした。しかし二度目の車輪の音は、もう彼を驚かさなかった。ごろり、ごろり、——トロッコはそういう音と共に、三人の手に押されながら、そろそろ線路を登って行った。

その内にかれこれ十間《けん》程来ると、線路の勾配《こうばい》が急になり出した。トロッコも三人の力では、いくら押しても動かなくなった。

どうかすれば車と一しょに、押し戻されそうにもなる事がある。良平はもう好《よ》いと思ったから、年下の二人に合図をした。

「さあ、乗ろう!」

彼等は一度に手をはなすと、トロッコの上へ飛び乗った。トロッコは最初徐《おもむ》ろに、それから見る見る勢《いきお》いよく、一息に線路を下《くだ》り出した。その途端につき当りの風景は、たちまち両側へ分かれるように、ずんずん目の前へ展開して来る。顔に当る薄暮《はくぼ》の風、足の下に躍《おど》るトロッコの動揺、——良平はほとんど有頂天《うちょうてん》になった。

しかしトロッコは二三分の後《のち》、もうもとの終点に止まっていた。

「さあ、もう一度押すじゃあ」

良平は年下の二人と一しょに、又トロッコを押し上げにかかった。が、まだ車輪も動かない内に、突然彼等の後《うしろ》には、誰かの足音が聞え出した。のみならずそれは聞え出したと思うと、急にこういう怒鳴り声に変った。

「この野郎！　誰に断《ことわ》ってトロに触《さわ》った？」

そこには古い印袢天《しるしばんてん》に、季節外れの麦藁帽《むぎわらぼう》をかぶった、背の高い土工が佇んでいる。——そういう姿が目にはいった時、良平は年下の二人と一しょに、もう五六間逃げ出していた。——それぎり良平は使の帰りに、人気のない工事場のトロッコを見ても、二度と乗って見ようと思った事はない。唯その時の土工の姿は、今でも良平の頭のどこかに、はっきりした記憶を残している。薄明りの中に仄《ほの》めいた、小さい黄色の麦藁帽、――しかしその記憶さえも、年毎《としごと》に色彩は薄れるらしい。

その後《のち》十日余りたってから、良平は又たった一人、午過《ひるす》ぎの工事場に佇みながら、トロッコの来るのを眺めていた。すると土を積んだトロッコの外《ほか》に、枕木《まくらぎ》を積んだトロッコが一輛《りょう》、これは本線になる筈《はず》の、太い線路を登って来た。このトロッコを押しているのは、二人とも若い男だった。良平は彼等を見た時から、何だか親しみ易《やす》いような気がした。「この人たちならば叱《しか》られない」――彼はそう思いながら、トロッコの側《そば》へ駆《か》けて行った。

「おじさん。押してやろうか？」

その中の一人、――縞《しま》のシャツを着ている男は、俯向《うつむ》きにトロッコを押したまま、思った通り快い返事をした。

「おお、押してくよう」

良平は二人の間にはいると、力一杯押し始めた。

「われは中中《なかなか》力があるな」

他《た》の一人、――耳に巻煙草《まきたばこ》を挟《はさ》んだ男も、こう良平を褒《ほ》めてくれた。

その内に線路の勾配は、だんだん楽になり始めた。「もう押さなくとも好《よ》い」——良平は今にもいわれるかと内心気がかりでならなかった。が、若い二人の土工は、前よりも腰を起したぎり、黙黙と車を押し続けていた。良平はとうとうこらえ切れずに、怯《お》ず怯《お》ずこんな事を尋ねて見た。

「何時《いつ》までも押していて好《い》い？」

「好いとも」

二人は同時に返事をした。良平は「優しい人たちだ」と思った。

五六町余り押し続けたら、線路はもう一度急勾配になった。そこには両側の蜜柑畑《みかんばたけ》に、黄色い実がいくつも日を受けている。

「登り路《みち》の方が好い、何時《いつ》までも押させてくれるから」——良平はそんな事を考えながら、全身でトロッコを押すようにした。

蜜柑畑の間を登りつめると、急に線路は下《くだ》りになった。縞のシャツを着ている男は、良平に「やい、乗れ」といった。良平は直《すぐ》に飛び乗った。トロッコは三人が乗り移ると同時に、蜜柑畑の匂《におい》を煽《あお》りながら、ひた辷《すべ》りに線路を走り出した。「押すよりも乗る方がずっと好い」——良平は羽織に風を孕《はら》ませながら、当り前の事を考えた。「行きに押す所が多ければ、帰りに又乗る所が多い」——そうもまた考えたりした。

竹藪《たけやぶ》のある所へ来ると、トロッコは静かに走るのを止《や》めた。三人は又前のように、重いトロッコを押し始めた。竹藪は何時か雑木林になった。爪先上《つまさきあが》りの所々《ところどころ》には、赤錆《あかさび》の線路も見えない程、落葉のたまっている場所もあった。その路をやっと登り切ったら、今度は高い崖《がけ》の向うに、広々と薄ら寒い海が開けた。と同時に良平の頭には、余り遠く来過ぎた事が、急にはっきりと感じられた。

三人は又トロッコへ乗った。車は海を右にしながら、雑木の枝の下を走って行った。しかし良平はさっきのように、面白い気もちにはなれなかった。「もう帰ってくれれば好《い》い」――彼はそうも念じて見た。が、行く所まで行きつかなければ、トロッコも彼等も帰れない事は、もちろん彼にもわかり切っていた。

その次に車の止まったのは、切崩《きりくず》した山を背負っている、藁屋根の茶店の前だった。二人の土工はその店へはいると、乳呑児《ちのみご》をおぶった上《かみ》さんを相手に、悠々《ゆうゆう》と茶などを飲み始めた。良平は独《ひと》りいらいらしながら、トロッコのまわりをまわって見た。トロッコには頑丈《がんじょう》な車台の板に、跳《は》ねかえった泥が乾《かわ》いていた。

少時《しばらく》の後《のち》茶店を出て来しなに、巻煙草を耳に挟《はさ》んだ男は、（その時はもう挟んでいなかったが）トロッコの側にいる良平に新聞紙に包んだ駄菓子をくれた。良平は冷淡に「ありがとう」といった。が、直《すぐ》に冷淡にしては、相手にすまないと思い直した。彼はその冷淡さを取り繕うように、包み菓子の一つを口へ入れた。菓子には新聞紙にあったらしい、石油の匂がしみついていた。

三人はトロッコを押しながら緩《ゆる》い傾斜を登って行った。良平は車に手をかけていても、心は外《ほか》の事を考えていた。

その坂を向うへ下《お》り切ると、又同じような茶店があった。土工たちがその中へはいった後《あと》、良平はトロッコに腰をかけながら、帰る事ばかり気にしていた。茶店の前には花のさいた梅に、西日の光が消えかかっている。「もう日が暮れる」——彼はそう考えると、ぼんやり腰かけてもいられなかった。トロッコの車輪を蹴《け》って見たり、一人では動かないのを承知しながらうんうんそれを押して見たり、――そんな事に気もちを紛らせていた。

ところが土工たちは出て来ると、車の上の枕木《まくらぎ》に手をかけながら、無造作《むぞうさ》に彼にこういった。

「われはもう帰んな。おれたちは今日は向う泊りだから」

「あんまり帰りが遅くなるとわれの家《うち》でも心配するずら」

良平は一瞬間呆気《あっけ》にとられた。もうかれこれ暗くなる事、去年の暮母と岩村まで来たが、今日の途《みち》はその三四倍ある事、それを今からたった一人、歩いて帰らなければならない事、――そういう事が一時にわかったのである。良平はほとんど泣きそうになった。が、泣いても仕方がないと思った。泣いている場合ではないとも思った。彼は若い二人の土工に、取って附けたような御時宜《おじぎ》をすると、どんどん線路伝いに走り出した。

良平は少時《しばらく》無我夢中に線路の側を走り続けた。その内に懐《ふところ》の菓子包みが、邪魔になる事に気がついたから、それを路側《みちばた》へ抛《ほ》り出す次手《ついで》に、板草履《いたぞうり》もそこへ脱ぎ捨ててしまった。すると薄い足袋《たび》の裏へじかに小石が食いこんだが、足だけは遙《はる》かに軽くなった。彼は左に海を感じながら、急な坂路《さかみち》を駆《か》け登った。時時涙がこみ上げて来ると、自然に顔が歪《ゆが》んで来る。――それは無理に我慢しても、鼻だけは絶えずくうくう鳴った。

竹藪の側を駆け抜けると、夕焼けのした日金山《ひがねやま》の空も、もう火照《ほて》りが消えかかっていた。良平は、いよいよ気が気でなかった。往《ゆ》きと返《かえ》りと変るせいか、景色の違うのも不安だった。すると今度は着物までも、汗の濡《ぬ》れ通ったのが気になったから、やはり必死に駆け続けたなり、羽織を路側《みちばた》へ脱いで捨てた。

蜜柑畑へ来る頃には、あたりは暗くなる一方だった。「命さえ助かれば――」良平はそう思いながら、辷《すべ》ってもつまずいても走って行った。

やっと遠い夕闇《ゆうやみ》の中に、村外れの工事場が見えた時、良平は一思いに泣きたくなった。しかしその時もべそはかいたが、とうとう泣かずに駆け続けた。

彼の村へはいって見ると、もう両側の家々には、電燈の光がさし合っていた。良平はその電燈の光に、頭から汗の湯気《ゆげ》の立つのが、彼自身にもはっきりわかった。井戸端に水を汲《く》んでいる女衆《おんなしゅう》や、畑から帰って来る男衆《おとこしゅう》は、良平が喘《あえ》ぎ喘ぎ走るのを見ては、「おいどうしたね?」などと声をかけた。が、彼は無言のまま、雑貨屋だの床屋だの、明るい家の前を走り過ぎた。

彼の家《うち》の門口《かどぐち》へ駆けこんだ時、良平はとうとう大声に、わっと泣き出さずにはいられなかった。その泣き声は彼の周囲《まわり》へ、一時に父や母を集まらせた。殊《こと》に母は何とかいいながら、良平の体を抱《かか》えるようにした。が、良平は手足をもがきながら、啜《すす》り上げ啜り上げ泣き続けた。その声が余り激しかったせいか、近所の女衆も三四人、薄暗い門口へ集って来た。父母はもちろんその人たちは、口々に彼の泣く訣《わけ》を尋ねた。しかし彼は何といわれても泣き立てるより外に仕方がなかった。あの遠い路を駆け通して来た、今までの心細さをふり返ると、いくら大声に泣き続けても、足りない気もちに迫られながら、……………

良平は二十六の年、妻子《さいし》と一しょに東京へ出て来た。今ではある雑誌社の二階に、校正の朱筆《しゅふで》を握っている。が、彼はどうかすると、全然何の理由もないのに、その時の彼を思い出す事がある。全然何の理由もないのに？――塵労《じんろう》に疲れた彼の前には今でもやはりその時のように、薄暗い藪や坂のある路が、細々と一すじ断続している。…………

よだかの星

宮沢賢治

よだかは、実にみにくい鳥です。

顔は、ところどころ、味噌《みそ》をつけたようにまだらで、くちばしは、ひらたくて、耳までさけています。

足は、まるでよぼよぼで、一間《いっけん》とも歩けません。

ほかの鳥は、もう、よだかの顔を見ただけでも、いやになってしまうという工合《ぐあい》でした。

たとえば、ひばりも、あまり美しい鳥ではありませんが、よだかよりは、ずっと上だと思っていましたので、夕方など、よだかにあうと、さもさもいやそうに、しんねりと目をつぶりながら、首をそっ方《ぽ》へ向けるのでした。もっとちいさなおしゃべりの鳥などは、いつでもよだかのまっこうから悪口をしました。

「ヘン。又《また》出て来たね。まあ、あのざまをごらん。ほんとうに、鳥の仲間のつらよごしだよ。」

「ね、まあ、あのくちの大きいことさ。きっと、かえるの親類か何かなんだよ。」

こんな調子です。おお、よだかでないただのたかならば、こんな生《なま》はんかのちいさい鳥は、もう名前を聞いただけでも、ぶるぶるふるえて、顔色を変えて、からだをちぢめて、木の葉のかげにでもかくれたでしょう。ところが夜だかは、ほんとうは鷹《たか》の兄弟でも親類でもありませんでした。かえって、よだかは、あの美しいかわせみや、鳥の中の宝石のような蜂《はち》すずめの兄さんでした。蜂すずめは花の蜜《みつ》をたべ、かわせみはお魚を食べ、夜だかは羽虫をとってたべるのでした。それによだかには、するどい爪《つめ》もするどいくちばしもありませんでしたから、どんなに弱い鳥でも、よだかをこわがる筈《はず》はなかったのです。

それなら、たかという名のついたことは不思議なようですが、これは、一つはよだかのはねが無暗《むやみ》に強くて、風を切って翔《か》けるときなどは、まるで鷹のように見えたことと、も一つはなきごえがするどくて、やはりどこか鷹に似ていた為《ため》です。もちろん、鷹は、これをひじょうに気にかけて、いやがっていました。それですから、よだかの顔さえ見ると、肩《かた》をいからせて、早く名前をあらためろ、名前をあらためろと、いうのでした。

ある夕方、とうとう、鷹がよだかのうちへやって参りました。

「おい。いるかい。まだお前は名前をかえないのか。ずいぶんお前も恥《はじ》知らずだな。お前とおれでは、よっぽど人格がちがうんだよ。たとえばおれは、青いそらをどこまででも飛んで行く。おまえは、曇《くも》ってうすぐらい日か、夜でなくちゃ、出て来ない。それから、おれのくちばしやつめを見ろ。そして、よくお前のとくらべて見るがいい。」

「鷹さん。それはあんまり無理です。私の名前は私が勝手につけたのではありません。神さまから下さったのです。」

「いいや。おれの名なら、神さまから貰《もら》ったのだといってもよかろうが、お前のは、いわば、おれと夜と、両方から借りてあるんだ。さあ返せ。」

「鷹さん。それは無理です。」

「無理じゃない。おれがいい名を教えてやろう。市蔵《いちぞう》というんだ。市蔵とな。いい名だろう。そこで、名前を変えるには、改名の披露《ひろう》というものをしないといけない。いいか。それはな、首へ市蔵と書いたふだをぶらさげて、私は以来市蔵と申しますと、口上《こうじょう》をいって、みんなの所をおじぎしてまわるのだ。」

「そんなことはとても出来ません。」

「いいや。出来る。そうしろ。もしあさっての朝までに、お前がそうしなかったら、もうすぐ、つかみ殺すぞ。つかみ殺してしまうから、そう思え。おれはあさっての朝早く、鳥のうちを一軒《けん》ずつまわって、お前が来たかどうかを聞いてあるく。一軒でも来なかったという家があったら、もう貴様もその時がおしまいだぞ。」

「だってそれはあんまり無理じゃありませんか。そんなことをする位なら、私はもう死んだ方がましです。今すぐ殺して下さい。」「まあ、よく、あとで考えてごらん。市蔵なんてそんなにわるい名じゃないよ。」鷹は大きなはねを一杯《いっぱい》にひろげて、自分の巣《す》の方へ飛んで帰って行きました。

よだかは、じっと目をつぶって考えました。

(一たい僕《ぼく》は、なぜこうみんなにいやがられるのだろう。僕の顔は、味噌をつけたようで、口は裂《さ》けてるからなあ。それだって、僕は今まで、なんにも悪いことをしたことがない。赤ん坊《ぼう》のめじろが巣から落ちていたときは、助けて巣へ連れて行ってやった。

そしたらめじろは、赤ん坊をまるでぬす人からでもとりかえすように僕からひきはなしたんだなあ。それからひどく僕を笑ったっけ。それにああ、今度は市蔵だなんて、首へふだをかけるなんて、つらいはなしだなあ。）

あたりは、もううすくらくなっていました。夜だかは巣から飛び出しました。雲が意地悪く光って、低くたれています。夜だかはまるで雲とすれすれになって、音なく空を飛びまわりました。

それからにわかによだかは口を大きくひらいて、はねをまっすぐに張って、まるで矢のようにそらをよこぎりました。小さな羽虫が幾匹《いくひき》も幾匹もその咽喉《のど》にはいりました。

からだがつちにつくかつかないうちに、よだかはひらりとまたそらへはねあがりました。もう雲は鼠色《ねずみいろ》になり、向うの山には山焼けの火がまっ赤です。

夜だかが思い切って飛ぶときは、そらがまるで二つに切れたように思われます。一疋《ぴき》の甲虫《かぶとむし》が、夜だかの咽喉にはいって、ひどくもがきました。よだかはすぐそれを呑《の》みこみましたが、その時何だかせなかがぞっとしたように思いました。

雲はもうまっくろく、東の方だけ山やけの火が赤くうつって、恐《おそ》ろしいようです。よだかはむねがつかえたように思いながら、又そらへのぼりました。

また一疋の甲虫が、夜だかののどに、はいりました。そしてまるでよだかの咽喉をひっかいてばたばたしました。よだかはそれを無理にのみこんでしまいましたが、その時、急に胸がどきっとして、夜だかは大声をあげて泣き出しました。泣きながらぐるぐるぐるぐる空をめぐったのです。

（ああ、かぶとむしや、たくさんの羽虫が、毎晩僕に殺される。そしてそのただ一つの僕がこんどは鷹に殺される。それがこんなにつらいのだ。ああ、つらい、つらい。僕はもう虫をたべないで餓《う》えて死のう。いやその前にもう鷹が僕を殺すだろう。いや、その前に、僕は遠くの遠くの空の向うに行ってしまおう。）

山焼けの火は、だんだん水のように流れてひろがり、雲も赤く燃えているようです。

よだかはまっすぐに、弟の川せみの所へ飛んで行きました。きれいな川せみも、丁度起きて遠くの山火事を見ていた所でした。そしてよだかの降りて来たのを見ていいました。

「兄さん。今晩は。何か急のご用ですか。」

「いいや、僕は今度遠い所へ行くからね、その前一寸《ちょっと》お前に遭《あ》いに来たよ。」

「兄さん。行っちゃいけませんよ。蜂雀《はちすずめ》もあんな遠くにいるんですし、僕ひとりぼっちになってしまうじゃありませんか。」

「それはね。どうも仕方ないのだ。もう今日は何もいわないでくれ。そしてお前もね、どうしてもとらなければならない時のほかはいたずらにお魚を取ったりしないようにしてくれ。ね、さようなら。」

「兄さん。どうしたんです。まあもう一寸お待ちなさい。」

「いや、いつまで居てもおんなじだ。はちすずめへ、あとでよろしくいってやってくれ。さよなら。もうあわないよ。さよなら。」

よだかは泣きながら自分のお家《うち》へ帰って参りました。みじかい夏の夜はもうあけかかっていました。

羊歯《しだ》の葉は、よあけの霧《きり》を吸って、青くつめたくゆれました。

よだかは高くきしきしきしと鳴きました。そして巣の中をきちんとかたづけ、きれいにからだ中のはねや毛をそろえて、また巣から飛び出しました。

霧がはれて、お日さまが丁度東からのぼりました。夜だかはぐらぐらするほどまぶしいのをこらえて、矢のように、そっちへ飛んで行きました。

「お日さん、お日さん。どうぞ私をあなたの所へ連れてって下さい。灼《や》けて死んでもかまいません。私のようなみにくいからだでも灼けるときには小さなひかりを出すでしょう。どうか私を連れてって下さい。」

行っても行っても、お日さまは近くなりませんでした。かえってだんだん小さく遠くなりながらお日さまがいいました。

「お前はよだかだな。なるほど、ずいぶんつらかろう。今夜そらを飛んで、星にそうたのんでごらん。お前はひるの鳥ではないのだからな。」

夜だかはおじぎを一つしたと思いましたが、急にぐらぐらしてとうとう野原の草の上に落ちてしまいました。そしてまるで夢《ゆめ》を見ているようでした。からだがずうっと赤や黄の星のあいだをのぼって行ったり、どこまでも風に飛ばされたり、又鷹が来てからだをつかんだりしたようでした。

つめたいものがにわかに顔に落ちました。よだかは眼《め》をひらきました。一本の若いすすきの葉から露《つゆ》がしたたったのでした。もうすっかり夜になって、空は青ぐろく、一面の星がまたたいていました。よだかはそらへ飛びあがりました。今夜も山やけの火はまっかです。よだかはその火のかすかな照りと、つめたいほしあかりの中をとびめぐりました。それからもう一ぺん飛びめぐりました。そして思い切って西のそらのあの美しいオリオンの星の方に、まっすぐに飛びながら叫《さけ》びました。

「お星さん。西の青じろいお星さん。どうか私をあなたのところへ連れてって下さい。灼けて死んでもかまいません。」

オリオンは勇ましい歌をつづけながらよだかなどはてんで相手にしませんでした。よだかは泣きそうになって、よろよろと落ちて、それからやっとふみとまって、もう一ぺんとびめぐりました。それから、南の大犬座の方へまっすぐに飛びながら叫びました。

「お星さん。南の青いお星さん。どうか私をあなたの所へつれてって下さい。やけて死んでもかまいません。」

大犬は青や紫《むらさき》や黄やうつくしくせわしくまたたきながらいいました。

「馬鹿をいうな。おまえなんか一体どんなものだい。たかが鳥じゃないか。おまえのはねでここまで来るには、億年兆年億兆年だ。」そしてまた別の方を向きました。

よだかはがっかりして、よろよろ落ちて、それから又二へん飛びめぐりました。それから又思い切って北の大熊星《おおぐまぼし》の方へまっすぐに飛びながら叫びました。

「北の青いお星さま、あなたの所へどうか私を連れてって下さい。」

大熊星はしずかにいいました。

「余計なことを考えるものではない。少し頭をひやして来なさい。そういうときは、氷山の浮《う》いている海の中へ飛び込《こ》むか、近くに海がなかったら、氷をうかべたコップの水の中へ飛び込むのが一等だ。」

よだかはがっかりして、よろよろ落ちて、それから又、四へんそらをめぐりました。そしてもう一度、東から今のぼった天《あま》の川《がわ》の向う岸の鷲《わし》の星に叫びました。

「東の白いお星さま、どうか私をあなたの所へ連れてって下さい。やけて死んでもかまいません。」

鷲は大風《おおふう》にいいました。

「いいや、とてもとても、話にも何にもならん。星になるには、それ相応の身分でなくちゃいかん。又よほど金もいるのだ。」

よだかはもうすっかり力を落してしまって、はねを閉じて、地に落ちて行きました。そしてもう一尺で地面にその弱い足がつくというとき、よだかは俄《にわ》かにのろしのようにそらへとびあがりました。そらのなかほどへ来て、よだかはまるで鷲が熊を襲《おそ》うときするように、ぶるっとからだをゆすって毛をさかだてました。

それからキシキシキシキシキシッと高く高く叫びました。その声はまるで鷹でした。野原や林にねむっていたほかのとりは、みんな目をさまして、ぶるぶるふるえながら、いぶかしそうにほしぞらを見あげました。

夜だかは、どこまでも、どこまでも、まっすぐに空へのぼって行きました。もう山焼けの火はたばこの吸殻《すいがら》のくらいにしか見えません。よだかはのぼってのぼって行きました。

寒さにいきはむねに白く凍《こお》りました。空気がうすくなった為に、はねをそれはそれはせわしくうごかさなければなりませんでした。

それだのに、ほしの大きさは、さっきと少しも変りません。つくいきはふいごのようです。寒さや霜《しも》がまるで剣のようによだかを刺《さ》しました。よだかははねがすっかりしびれてしまいました。そしてなみだぐんだ目をあげてもう一ぺんそらを見ました。そうです。これがよだかの最後でした。もうよだかは落ちているのか、のぼっているのか、さかさになっているのか、上を向いているのかも、わかりませんでした。ただこころもちはやすらかに、その血のついた大きなくちばしは、横にまがってはいましたが、たしかに少しわらっておりました。

それからしばらくたってよだかははっきりまなこをひらきました。そして自分のからだがいま燐《りん》の火のような青い美しい光になって、しずかに燃えているのを見ました。

すぐとなりは、カシオピア座でした。天の川の青じろいひかりが、すぐうしろになっていました。

そしてよだかの星は燃えつづけました。いつまでもいつまでも燃えつづけました。
今でもまだ燃えています。

一房の葡萄

有島武郎

僕は小さい時に絵を描《か》くことが好きでした。僕の通《かよ》っていた学校は横浜《よこはま》の山《やま》の手《て》という所にありましたが、そこいらは西洋人ばかり住んでいる町で、僕の学校も教師は西洋人ばかりでした。そしてその学校の行《ゆ》きかえりには、いつでもホテルや西洋人の会社などが、ならんでいる海岸の通りを通るのでした。通りの海添いに立って見ると、真青《まっさお》な海の上に軍艦《ぐんかん》だの商船だのが一ぱいならんでいて、煙突から煙の出ているのや、檣《ほばしら》から檣へ万国旗をかけわたしたのやがあって、眼《め》がいたいように綺麗《きれい》でした。僕はよく岸に立ってその景色を見渡して、家《いえ》に帰ると、覚《おぼ》えているだけを出来るだけ美しく絵に描いて見ようとしました。けれどもあの透《す》きとおるような海の藍色《あいいろ》と、白い帆前船《ほまえせん》などの水際《みずぎわ》近くに塗ってある洋紅色《ようこうしょく》とは、僕の持っている絵具《えのぐ》ではどうしてもうまく出せませんでした。いくら描いても描いても本当の景色で見るような色には描けませんでした。

ふと僕は学校の友達の持っている西洋絵具を思い出しました。その友達はやはり西洋人で、しかも僕より二つ位齢《ぐらいとし》が上でしたから、身長は見上げるように大きい子でした。ジムというその子の持っている絵具は舶来《はくらい》の上等のもので、軽い木の箱の中に、十二種《いろ》の絵具が、小さな墨《すみ》のように四角《かく》な形にかためられて、二列にならんでいました。どの色も美しかったが、とりわけて藍と洋紅とは喫驚《びっくり》するほど美しいものでした。ジムは僕より身長が高いくせに、絵はずっと下手《へた》でした。それでもその絵具をぬると、下手な絵さえなんだか見ちがえるように美しくなるのです。僕はいつでもそれを羨《うらや》ましいと思っていました。あんな絵具さえあれば、僕だって海の景色を、本当に海に見えるように描いて見せるのになあと、自分の悪い絵具を恨《うら》みながら考えました。そうしたら、その日からジムの絵具がほしくってほしくってたまらなくなりましたけれども僕はなんだか臆病《おくびょう》になって、パパにもママにも買って下さいと願う気になれないので、毎日々々その絵具のことを心の中で思いつづけるばかりで幾日《いくにち》か日がたちました。

今ではいつの頃《ころ》だったか覚えてはいませんが、秋だったのでしょう。葡萄《ぶどう》の実が熟《じゅく》していたのですから。天気は冬が来る前の秋によくあるように、空の奥の奥まで見すかされそうに晴れわたった日でした。僕たちは先生と一緒に弁当をたべましたが、その楽しみな弁当の最中《さいちゅう》でも、僕の心はなんだか落着《おちつ》かないで、その日の空とはうらはらに暗《くら》かったのです。僕は自分一人で考えこんでいました。誰《たれ》かが気がついて見たら、顔もきっと青かったかも知れません。僕はジムの絵具がほしくってほしくってたまらなくなってしまったのです。胸が痛むほどほしくなってしまったのです。ジムは僕の胸の中で考えていることを知っているにちがいないと思って、そっとその顔を見ると、ジムはなんにも知らないように、面白そうに笑ったりして、わきに坐《すわ》っている生徒と話をしているのです。でもその笑っているのが僕のことを知っていて笑っているようにも思えるし、何《なに》か話をしているのが、「いまに見ろ、あの日本人が僕の絵具を取るにちがいないから」といっているようにも思えるのです。僕はいやな気持ちになりました。けれども、ジムが僕を疑っているように見えれば見えるほど、僕はその絵具がほしくてならなくなるのです。

僕はかわいい顔はしていたかも知れないが、体も心も弱い子でした。その上臆病者《おくびょうもの》で、言いたいことも言わずにすますような質《たち》でした。だからあんまり人からは、かわいがられなかったし、友達もない方《ほう》でした。昼御飯《ひるごはん》がすむと他《ほか》の子供たちは活発《かっぱつ》に運動場《うんどうば》に出て走りまわって遊びはじめましたが、僕だけはなおさらその日は変に心が沈んで、一人だけ教場《きょうじょう》にはいっていました。そとが明るいだけに教場の中は暗くなって、僕の心の中のようでした。自分の席に坐っていながら、僕の眼は時々ジムの卓《テイブル》の方に走りました。ナイフで色々ないたずら書きが彫《ほ》りつけてあって、手垢《てあか》で真黒《まっくろ》になっているあの蓋《ふた》を揚《あ》げると、その中に本や雑記帳や石板《せきばん》と一緒になって、飴《あめ》のような木の色の絵具箱があるんだ。そしてその箱の中には小さい墨のような形をした藍や洋紅の絵具が……僕は顔が赤くなったような気がして、思わずそっぽを向いてしまうのです。けれどもすぐまた横眼でジムの卓の方を見ないではいられませんでした。胸のところがどきどきとして苦しいほどでした。じっと坐っていながら、夢で鬼にでも追いかけられた時のように気ばかりせかせかしていました。

教場に、はいる鐘《かね》がかんかんと鳴りました。僕は思わずぎょっとして立上（たちあが）りました。　生徒たちが大きな声で笑ったり呶鳴（どな）ったりしながら、洗面所の方に手を洗いに出かけて行《ゆ》くのが窓から見えました。僕は急に頭の中が氷のように冷たくなるのを気味悪く思いながら、ふらふらとジムの卓の所に行って、半分夢のようにその蓋を揚げて見ました。そこには僕が考えていたとおり、雑記帳や鉛筆箱とまじって、見覚《みおぼ》えのある絵具箱がしまってありました。なんのためだか知らないが僕はあっちこちをむやみに見廻《みまわ》してから、手早くその箱の蓋を開《あ》けて藍と洋紅との二色《ふたいろ》を取上《とりあ》げるが早いか、ポッケットの中に押込《おしこ》みました。そして急いでいつも整列して先生を待っている所に走って行きました。

僕たちは若い女の先生に連れられて教場に這入《はい》り銘々《めいめい》の席に坐りました。僕はジムがどんな顔をしているか見たくってたまらなかったけれども、どうしてもそっちの方をふり向くことができませんでした。でも僕のしたことを誰《たれ》も気のついた様子がないので、気味が悪いような安心したような心持ちでいました。僕の大好きな若い女の先生の仰《おっしゃ》ることなんかは耳にはいりはいっても、なんのことだかちっともわかりませんでした。先生も時々不思議そうに僕の方を見ているようでした。

僕はしかし先生の眼を見るのがその日に限ってなんだかいやでした。そんな風《ふう》で一時間がたちました。なんだかみんな耳こすりでもしているようだと思いながら一時間がたちました。

教場を出る鐘が鳴ったので僕はほっと安心して溜息《ためいき》をつきました。けれども先生が行ってしまうと、僕は僕の級《きゅう》で一番大きな、そしてよく出来る生徒に

「ちょっとこっちにお出《い》で」と肱《ひじ》の所を掴《つか》まれていました。僕の胸は、宿題をなまけたのに先生に名を指《さ》された時のように、思わずどきんと震えはじめました。けれども僕は出来るだけ知らない振りをしていなければならないと思って、わざと平気な顔をしたつもりで、仕方なしに運動場の隅《すみ》に連れて行《ゆ》かれました。

「君はジムの絵具を持っているだろう。ここに出したまえ」

そういってその生徒は僕の前に大きく拡《ひろ》げた手をつき出しました。そういわれると僕はかえって心が落着いて、

「そんなもの、僕持ってやしない」と、ついでたらめをいってしまいました。そうすると三、四人の友達と一緒に僕の側《そば》に来ていたジムが、

「僕は昼休みの前にちゃんと絵具箱を調べておいたんだよ。一つも失《な》くなってはいなかったんだよ。そして昼休みが済《す》んだら二つ失くなっていたんだよ。そして休みの時間に教場にいたのは君だけじゃないか」と少し言葉を震わしながら言いかえしました。

僕はもう駄目《だめ》だと思うと急に頭の中に血が流れこんで来て顔が

真赤《まっか》になったようでした。すると誰だったかそこに立っていた一人がいきなり僕のポッケットに手をさし込もうとしました。僕は一生懸命にそうはさせまいとしましたけれども、多勢《たぜい》に無勢《ぶぜい》でとても叶《かな》いません。僕のポッケットの中からは、見る見るマーブル球《だま》（今のビー球《だま》のことです）や鉛《なまり》のメンコなどと一緒に、二つの絵具のかたまりが掴《つか》み出されてしまいました。「それ見ろ」といわんばかりの顔をして、子供たちは憎《にく》らしそうに僕の顔を睨《にら》みつけました。僕の体はひとりでにぶるぶる震えて、眼の前が真暗《まっくら》になるようでした。いいお天気なのに、みんな休時間《やすみじかん》を面白そうに遊び廻っているのに、僕だけは本当に心からしおれてしまいました。あんなことをなぜしてしまったんだろう。取りかえしのつかないことになってしまった。もう僕は駄目だ。そんなに思うと弱虫だった僕は淋《さび》しく悲しくなって来て、しくしくと泣き出してしまいました。

「泣いておどかしたって駄目だよ」とよく出来る大きな子が馬鹿《ばか》にするような、憎《にく》みきったような声で言って、動くまいとする僕をみんなで寄ってたかって二階に引張《ひっぱ》って行こうとしました。僕は出来るだけ行くまいとしたけれども、とうとう力まかせに引きずられて、階子段《はしごだん》を登らせられてしまいました。そこに僕の好きな受持ちの先生の部屋《へや》があるのです。

やがてその部屋の戸をジムがノックしました。ノックするとははいってもいいかと戸をたたくことなのです。中からはやさしく「おはいり」という先生の声が聞えました。僕はその部屋にはいる時ほどいやだと思ったことはまたとありません。

何か書きものをしていた先生は、どやどやとはいって来た僕たちを見ると、少し驚いたようでした。が、女のくせに男のように頸《くび》の所でぶつりと切った髪の毛を右の手で撫《な》でてあげながら、いつものとおりのやさしい顔をこちらに向けて、ちょっと首をかしげただけで何《なん》の御用《ごよう》という風《ふう》をしなさいました。そうするとよく出来る大きな子が前に出て、僕がジムの絵具を取ったことを委《くわ》しく先生に言いつけました。先生は少し曇った顔付きをして真面目《まじめ》にみんなの顔や、半分泣きかかっている僕の顔を見くらべていなさいましたが、僕に「それは本当ですか」と聞かれました。本当なんだけれども、僕がそんないやな奴《やつ》だということを、どうしても僕の好きな先生に知られるのがつらかったのです。だから僕は答える代りに本当に泣き出してしまいました。

先生は暫《しばら》く僕を見つめていましたが、やがて生徒たちに向って静かに「もういってもようございます」といって、みんなをかえしてしまわれました。生徒たちは少し物足らなそうにどやどやと下に降りていってしまいました。

先生は少しの間《あいだ》なんとも言わずに、僕の方も向かずに、自分の手の爪《つめ》を見つめていましたが、やがて静かに立って来て、僕の肩の所を抱きすくめるようにして「絵具はもう返しましたか」と小さな声で仰《おっしゃ》いました。僕は返したことをしっかり先生に知ってもらいたいので深々《ふかぶか》と頷《うなず》いて見せました。

「あなたは自分のしたことをいやなことだったと思っていますか」

もう一度そう先生が静かに仰った時には、僕はもうたまりませんでした。ぶるぶると震えてしかたがない唇《くちびる》を、噛《か》みしめても噛みしめても泣声《なきごえ》が出て、眼からは涙がむやみに流れて来るのです。もう先生に抱かれたまま死んでしまいたいような心持ちになってしまいました。

「あなたはもう泣くんじゃない。よく解《わか》ったらそれでいいから泣くのをやめましょう、ね。次ぎの時間には教場に出ないでもよろしいから、私《わたくし》のこのお部屋にいらっしゃい。静かにしてここにいらっしゃい。私が教場から帰るまでここにいらっしゃいよ。いい」と仰りながら僕を長椅子《ながいす》に坐らせて、その時また勉強の鐘がなったので、机の上の書物を取り上げて、僕の方を見ていられましたが、二階の窓まで高く這《は》い上《あが》った葡萄蔓《ぶどうづる》から、一房《ひとふさ》の西洋葡萄をもぎって、しくしくと泣きつづけていた僕の膝《ひざ》の上にそれをおいて、静かに部屋を出て行《ゆ》きなさいました。

一時《じ》がやがやとやかましかった生徒たちはみんな教場にはいって、急にしんとするほどあたりが静かになりました。僕は淋しくって淋しくってしようがないほど悲しくなりました。あの位《くらい》好きな先生を苦しめたかと思うと、僕は本当に悪いことをしてしまったと思いました。葡萄などはとても喰《た》べる気になれないで、いつまでも泣いていました。

ふと僕は肩を軽くゆすぶられて眼をさましました。僕は先生の部屋でいつの間《ま》にか泣寝《なき》入りをしていたと見えます。少し痩《や》せて身長《せい》の高い先生は、笑顔《えがお》を見せて僕を見おろしていられました。

僕は眠ったために気分がよくなって今まであったことは忘れてしまって、少し恥《はずか》しそうに笑いかえしながら、慌《あわ》てて膝の上から辷《すべ》り落ちそうになっていた葡萄の房をつまみ上げましたが、すぐ悲しいことを思い出して、笑いも何も引込《ひっこ》んでしまいました。

「そんなに悲しい顔をしないでもよろしい。もうみんなは帰ってしまいましたから、あなたもお帰りなさい。そして明日《あす》はどんなことがあっても学校に来なければいけませんよ。あなたの顔を見ないと私は悲しく思いますよ。きっとですよ」

そういって先生は僕のカバンの中にそっと葡萄の房を入れて下さいました。僕はいつものように海岸通りを、海を眺《なが》めたり船を眺めたりしながら、つまらなく家《いえ》に帰りました。そして葡萄をおいしく喰べてしまいました。

けれども次の日《ひ》が来ると僕はなかなか学校に行く気にはなれませんでした。お腹《なか》が痛くなればいいと思ったり、頭痛がすればいいと思ったりしたけれども、その日に限って虫歯一本痛みもしないのです。仕方なしにいやいやながら家《うち》は出ましたが、ぶらぶらと考えながら歩きました。どうしても学校の門をはいることは出来ないように思われたのです。けれども先生の別れの時の言葉を思い出すと、僕は先生の顔だけはなんといっても見たくてしかたがありませんでした。僕が行かなかったら先生はきっと悲しく思われるに違いない。もう一度先生のやさしい眼で見られたい。ただその一事《ひとこと》があるばかりで僕は学校の門をくぐりました。

そうしたらどうでしょう、先《ま》ず第一に待ち切っていたようにジムが飛んで来て、僕の手を握ってくれました。そして昨日《きのう》のことなんか忘れてしまったように、親切に僕の手をひいて、どきまぎしている僕を先生の部屋に連れて行くのです。僕はなんだか訳がわかりませんでした。学校に行ったらみんなが遠くの方から僕を見て「見ろ泥棒の虚《うそ》つきの日本人が来た」とでも悪口《わるくち》をいうだろうと思っていたのに、こんな風《ふう》にされると気味が悪いほどでした。

二人の足音を聞きつけてか、先生はジムがノックしない前に戸を開けて下さいました。二人は部屋の中にはいりました。

「ジム、あなたはいい子、よく私の言ったことがわかってくれましたね。ジムはもうあなたからあやまってもらわなくってもいいと言っています。二人は今からいいお友達になればそれでいいんです。二人とも上手に握手をなさい。」と先生はにこにこしながら僕たちを向い合せました。僕はでもあんまり勝手過ぎるようでもじもじしていますと、ジムはぶら下げている僕の手をいそいそと引張《ひっぱ》り出して堅く握ってくれました。僕はもうなんといってこの嬉《うれ》しさを表《あらわ》せばいいのか分らないで、唯《ただ》恥しく笑う外《ほか》ありませ

んでした。ジムも気持よさそうに、笑顔をしていました。先生はにこにこしながら僕に、

「昨日《きのう》の葡萄はおいしかったの。」と問われました。僕は顔を真赤《まっか》にして「ええ」と白状するより仕方がありませんでした。

「そんならまたあげましょうね。」

そういって、先生は真白《まっしろ》なリンネルの着物につつまれた体を窓からのび出させて、葡萄の一房をもぎ取って、真白い左の手の上に粉《こな》のふいた紫色の房を乗せて、細長い銀色の鋏《はさみ》で真中《まんなか》からぷっりと二つに切って、ジムと僕とに下さいました。真白い手の平《ひら》に紫色の葡萄の粒が重《かさな》って乗っていたその美しさを僕は今でもはっ

きりと思い出すことが出来ます。

僕はその時から前より少しいい子になり、少しははにかみ屋でなくなったようです。

それにしても僕の大好きなあのいい先生はどこに行《ゆ》かれたでしょう。もう二度とは遇《あ》えないと知りながら、僕は今でもあの先生がいたらなあと思います。秋になるといつでも葡萄の房は紫色に色づいて美しく粉をふきますけれども、それを受けた大理石のような白い美しい手はどこにも見つかりません。

走れメロス

太宰治

メロスは激怒した。必ず、かの邪智暴虐《じゃちぼうぎゃく》の王を除かなければならぬと決意した。メロスには政治がわからぬ。メロスは、村の牧人である。笛を吹き、羊と遊んで暮して来た。けれども邪悪に対しては、人一倍に敏感であった。きょう未明メロスは村を出発し、野を越え山越え、十里はなれたこのシラクスの市にやって来た。メロスには父も、母も無い。女房も無い。十六の、内気な妹と二人暮しだ。この妹は、村のある律気な一牧人を、近々、花《はな》婿《むこ》として迎える事になっていた。結婚式も間近かなのである。メロスは、それゆえ、花嫁の衣裳やら祝宴の御馳走やらを買いに、はるばる市にやって来たのだ。先ず、その品々を買い集め、それから都の大路をぶらぶら歩いた。メロスには竹馬の友があった。セリヌンティウスである。今はこのシラクスの市で、石工《いしく》をしている。その友を、これから訪ねてみるつもりなのだ。久しく逢わなかったのだから、訪ねて行くのが楽しみである。歩いているうちにメロスは、まちの様子を怪しく思った。ひっそりしている。もう既に日も落ちて、まちの暗いのは当りまえだが、けれども、なんだか、夜のせいばかりでは無く、市全体が、やけに寂しい。のんきなメロスも、だんだん不安になって来た。路で逢った若い衆をつかまえて、何かあったのか、二年まえにこの市に来たときは、夜でも皆が歌をうたって、まちは賑やかであった筈《はず》だが、と質問した。若い衆は、首を振って答えなかった。しばらく歩いて老爺《ろうや》に逢い、こんどはもっと、語勢を強くして質問した。老爺は答えなかった。メロスは両手で老爺のからだをゆすぶって質問を重ねた。老爺は、あたりをはばかる低声で、わずか答えた。

「王様は、人を殺します。」

「なぜ殺すのだ。」

「悪心を抱いている、というのですが、誰もそんな、悪心を持ってはおりませぬ。」

「たくさんの人を殺したのか。」

「はい、はじめは王様の妹婿さまを。それから、御自身のお世《よ》嗣《つぎ》を。それから、妹さまを。それから、妹さまの御子さまを。それから、皇后さまを。それから、賢臣のアレキス様を。」

「おどろいた。国王は乱心か。」

「いいえ、乱心ではございませぬ。人を、信ずる事が出来ぬ、というのです。このごろは、臣下の心をも、お疑いになり、少しく派手な暮しをしている者には、人質ひとりずつ差し出すことを命じております。御命令を拒めば十字架にかけられて、殺されます。きょうは、六人殺されました。」

聞いて、メロスは激怒した。「呆《あき》れた王だ。生かして置けぬ。」

メロスは、単純な男であった。買い物を、背負ったままで、のそのそ王城にはいって行った。たちまち彼は、巡邏《じゅんら》の警吏《けいり》に捕縛された。調べられて、メロスの懐中からは短剣が出て来たので、騒ぎが大きくなってしまった。メロスは、王の前に引き出された。

「この短刀で何をするつもりであったか。言え！」暴君ディオニスは静かに、けれども威厳をもって問いつめた。その王の顔は蒼《そう》白《はく》で、眉間《みけん》の皺《しわ》は、刻み込まれたように深かった。

「市を暴君の手から救うのだ。」とメロスは悪びれずに答えた。

「おまえがか？」王は、憫笑《びんしょう》した。「仕方の無いやつじゃ。おまえには、わしの孤独がわからぬ。」

「言うな！」とメロスは、いきり立って反駁《はんばく》した。「人の心を疑うのは、最も恥ずべき悪徳だ。王は、民の忠誠をさえ疑っておられる。」

「疑うのが、正当の心構えなのだと、わしに教えてくれたのは、おまえたちだ。人の心は、あてにならない。人間は、もともと私欲のかたまりさ。信じては、ならぬ。」暴君は落着いて呟《つぶや》き、ほっと溜息《ためいき》をついた。「わしだって、平和を望んでいるのだが。」

「なんの為の平和だ。自分の地位を守る為か。」こんどはメロスが嘲笑した。「罪の無い人を殺して、何が平和だ。」

「だまれ、下賤《げせん》の者。」王は、さっと顔を挙げて報いた。「口では、どんな清らかな事でも言える。わしには、人の腹綿の奥底が見え透いてならぬ。おまえだって、いまに、磔《はりつけ》になってから、泣いて詫《わ》びたって聞かぬぞ。」

「ああ、王は利巧《りこう》だ。自惚《うぬぼ》れているがよい。私は、ちゃんと死ぬる覚悟でいるのに。命乞いなど決してしない。ただ、――」と言いかけて、メロスは足もとに視線を落し瞬時ためらい、「ただ、私に情をかけたいつもりなら、処刑までに三日間の日限を与えて下さい。たった一人の妹に、亭主を持たせてやりたいのです。三日のうちに、私は村で結婚式を挙げさせ、必ず、ここへ帰って来ます。」

「ばかな。」と暴君は、嗄《しわが》れた声で低く笑った。「とんでもない嘘を言うわい。逃がした小鳥が帰って来るというのか。」

「そうです。帰って来るのです。」メロスは必死で言い張った。「私は約束を守ります。私を、三日間だけ許して下さい。妹が、私の帰りを待っているのだ。そんなに私を信じられないならば、よろしい、この市にセリヌンティウスという石工がいます。私の無二の友人だ。あれを、人質としてここに置いて行こう。私が逃げてしまって、三日目の日暮まで、ここに帰って来なかったら、あの友人を絞め殺して下さい。たのむ。そうして下さい。」

それを聞いて王は、残虐な気持で、そっと北叟笑《ほくそえ》んだ。生意気なことを言うわい。どうせ帰って来ないにきまっている。この嘘つきに騙《だま》された振りして、放してやるのも面白い。そうして身代りの男を、三日目に殺してやるのも気味がいい。人は、これだから信じられぬと、わしは悲しい顔して、その身代りの男を磔刑に処してやるのだ。世の中の、正直者とかいう奴輩《やつばら》にうんと見せつけてやりたいものさ。

「願いを、聞いた。その身代りを呼ぶがよい。三日目には日没までに帰って来い。おくれたら、その身代りを、きっと殺すぞ。ちょっとおくれて来るがいい。おまえの罪は、永遠にゆるしてやろうぞ。」

「なに、何をおっしゃる。」

「はは。いのちが大事だったら、おくれて来い。おまえの心は、わかっているぞ。」

メロスは口惜しく、地団駄《じだんだ》踏んだ。ものも言いたくなくなった。

竹馬の友、セリヌンティウスは、深夜、王城に召された。暴君ディオニスの面前で、佳《よ》き友と佳き友は、二年ぶりで相逢うた。メロスは、友に一切の事情を語った。セリヌンティウスは無言で首肯《うなず》き、メロスをひしと抱きしめた。友と友の間は、それでよかった。セリヌンティウスは、縄打たれた。メロスは、すぐに出発した。初夏、満天の星である。

メロスはその夜、一睡もせず十里の路を急ぎに急いで、村へ到着したのは、翌《あく》る日の午前、陽は既に高く昇って、村人たちは野に出て仕事をはじめていた。メロスの十六の妹も、きょうは兄の代りに羊群の番をしていた。よろめいて歩いて来る兄の、疲労困憊《こんぱい》の姿を見つけて驚いた。そうして、うるさく兄に質問を浴びせた。

「なんでも無い。」メロスは無理に笑おうと努めた。「市に用事を残して来た。またすぐ市に行かなければならぬ。あす、おまえの結婚式を挙げる。早いほうがよかろう。」

妹は頬をあからめた。

「うれしいか。綺麗《きれい》な衣裳も買って来た。さあ、これから行って、村の人たちに知らせて来い。結婚式は、あすだと。」

メロスは、また、よろよろと歩き出し、家へ帰って神々の祭壇を飾り、祝宴の席を調え、間もなく床に倒れ伏し、呼吸もせぬくらいの深い眠りに落ちてしまった。

眼が覚めたのは夜だった。メロスは起きてすぐ、花婿の家を訪れた。そうして、少し事情があるから、結婚式を明日にしてくれ、と頼んだ。婿の牧人は驚き、それはいけない、こちらには未だ何の仕度も出来ていない、葡萄《ぶどう》の季節まで待ってくれ、と答えた。メロスは、待つことは出来ぬ、どうか明日にしてくれたまえ、と更に押してたのんだ。婿の牧人も頑強《がんきょう》であった。なかなか承諾してくれない。夜明けまで議論をつづけて、やっと、どうにか婿をなだめ、すかして、説き伏せた。結婚式は、真昼に行われた。新郎新婦の、神々への宣誓が済んだころ、黒雲が空を覆い、ぽつりぽつり雨が降り出し、やがて車軸を流すような大雨となった。祝宴に列席していた村人たちは、何か不吉なものを感じたが、それでも、めいめい気持を引きたて、狭い家の中で、むんむん蒸し暑いのも怺《こら》え、陽気に歌をうたい、手を拍《う》った。メロスも、満面に喜色を湛《たた》え、しばらくは、王とのあの約束をさえ忘れていた。祝宴は、夜に入っていよいよ乱れ華やかになり、人々は、外の豪雨を全く気にしなくなった。メロスは、一生このままここにいたい、と思った。この佳い人たちと生涯暮して行きたいと願ったが、いまは、自分のからだで、自分のものでは無い。ままならぬ事である。メロスは、わが身に鞭打ち、ついに出発を決意した。あすの日没までには、まだ十分の時が在る。ちょっと一眠りして、それからすぐに出発しよう、と考えた。その頃には、雨も小降りになっていよう。少しでも永くこの家に愚図愚図《ぐずぐず》とどまっていたかった。メロスほどの男にも、やはり未練の情というものは在る。今宵《こよい》呆然《ぼうぜん》、歓喜に酔っているらしい花嫁に近寄り、

「おめでとう。私は疲れてしまったから、ちょっとご免こうむって眠りたい。眼が覚めたら、すぐに市に出かける。大切な用事があるのだ。私がいなくても、もうおまえには優しい亭主があるのだから、決して寂しい事は無い。おまえの兄の、一ばんきらいなものは、人を疑う事と、それから、嘘をつく事だ。おまえも、それは、知っているね。亭主との間に、どんな秘密でも作ってはな

らぬ。おまえに言いたいのは、それだけだ。おまえの兄は、たぶん偉い男なのだから、おまえもその誇りを持っていろ。」

花嫁は、夢見心地で首肯いた。メロスは、それから花婿の肩をたたいて、

「仕度の無いのはお互さまさ。私の家にも、宝といっては、妹と羊だけだ。他には、何も無い。全部あげよう。もう一つ、メロスの弟になったことを誇ってくれ。」

花婿は揉《も》み手して、てれていた。メロスは笑って村人たちにも会釈《えしゃく》して、宴席から立ち去り、羊小屋にもぐり込んで、死んだようにに深く眠った。

眼が覚めたのは翌る日の薄明の頃である。メロスは跳ね起き、南無三、寝過したか、いや、まだまだ大丈夫、これからすぐに出発すれば、約束の刻限までには十分間に合う。きょうは是非とも、あの王に、人の信実の存《そん》するところを見せてやろう。そうして笑って磔の台に上ってやる。メロスは、悠々と身仕度をはじめた。雨も、いくぶん小降りになっている様子である。身仕度は出来た。さて、メロスは、ぶるんと両腕を大きく振って、雨中、矢のごとく走り出た。

私は、今宵、殺される。殺される為に走るのだ。身代りの友を救う為に走るのだ。王の奸佞邪智《かんねいじゃち》を打ち破る為に走るのだ。走らなければならぬ。そうして、私は殺される。若い時から名誉を守れ。さらば、ふるさと。若いメロスは、つらかった。幾度か、立ちどまりそうになった。えい、えいと大声挙げて自身を叱りながら走った。村を出て、野を横切り、森をくぐり抜け、隣村に着いた頃には、雨も止やみ、日は高く昇って、そろそろ暑くなって来た。メロスは額《ひたい》の汗をこぶしで払い、ここまで来れば大丈夫、もはや故郷への未練は無い。妹たちは、きっと佳い夫婦になるだろう。私には、いま、なんの気がかりも無い筈だ。まっすぐに王城に行き着けば、それでよいのだ。そんなに急ぐ必要も無い。ゆっくり歩こう、と持ちまえの呑気《のんき》さを取り返し、好きな小歌をいい声で歌い出した。ぶらぶら歩いて二里行き三里行き、そろそろ全里程の半ばに到達した頃、降って湧《わ》いた災難、メロスの足は、はたと、とまった。見よ、前方の川を。きのうの豪雨で山の水源地は氾濫《はんらん》し、濁流滔々《だくりゅうとうとう》と下流に集り、猛勢一挙に橋を破壊し、どうどうと響きをあげる激流が、木葉微塵《こっぱみじん》に橋桁《はしげた》を跳ね飛ばしていた。彼は茫然と、立ちすくんだ。あちこちと眺めまわし、また、声を限りに呼びたててみたが、繋舟《けいしゅう》は残らず浪に浚《さら》われて影なく、渡守りの姿も見えない。流れはいよいよ、ふくれ上り、海のようになっている。メロスは川岸にうずくまり、男泣きに泣きながらゼウスに手を挙げて哀願した。「ああ、鎮《しず》めたまえ、荒れ狂う流れを！　時は刻々に過ぎて行きます。太陽も既に真昼時です。あれが沈んでしまわぬうちに、王城に行き着くことが出来なかったら、あの佳い友達が、私のために死ぬのです。」

濁流は、メロスの叫びをせせら笑うごとく、ますます激しく躍り狂う。浪は浪を呑み、巻き、煽《あお》り立て、そうして時は、刻一刻と消えて行く。今はメロスも覚悟した。泳ぎ切るより他に無い。ああ、神々も照覧《しょうらん》あれ！　濁流にも負けぬ愛と誠の偉大な力を、いまこそ発揮して見せる。メロスは、ざんぶと流れに飛び込み、百匹の大蛇のようにのた打ち荒れ狂う浪を相手に、必死の闘争を開始した。満身の力を腕にこめて、押し寄せ渦巻き引きずる流れを、なんのこれしきと掻《か》きわけ掻きわけ、めくらめっぽう獅子《しし》奮迅《ふんじん》の人の子の姿には、神も哀れと思ったか、ついに憐愍《れんびん》を垂れてくれた。押し流されつつも、見事、対岸の樹木の幹に、すがりつく事が出来たのである。ありがたい。メロスは馬のように大きな胴震いを一つして、すぐにまた先きを急いだ。一刻といえども、むだには出来ない。陽は既に西に傾きかけている。ぜいぜい荒い呼吸をしながら峠をのぼり、のぼり切って、ほっとした時、突然、目の前に一隊の山賊が躍り出た。

「待て。」

「何をするのだ。私は陽の沈まぬうちに王城へ行かなければならぬ。放せ。」

「どっこい放さぬ。持ちもの全部を置いて行け。」

「私にはいのちの他には何も無い。その、たった一つの命も、これから王にくれてやるのだ。」

「その、いのちが欲しいのだ。」

「さては、王の命令で、ここで私を待ち伏せしていたのだな。」

山賊たちは、ものも言わず一斉に棍棒《こんぼう》を振り挙げた。メロスはひょいと、からだを折り曲げ、飛鳥のごとく身近かの一人に襲いかかり、その棍棒を奪い取って、

「気の毒だが正義のためだ！」と猛然一撃、たちまち、三人を殴

り倒し、残る者のひるむ隙《すき》に、さっさと走って峠を下った。一気に峠を駆け降りたが、流石《さすが》に疲労し、折から午後の灼熱《しゃくねつ》の太陽がまともに、かっと照って来て、メロスは幾度となく眩暈《めまい》を感じ、これではならぬ、と気を取り直しては、よろよろ二、三歩あるいて、ついに、がくりと膝を折った。立ち上る事が出来ぬのだ。天を仰いで、くやし泣きに泣き出した。ああ、あ、濁流を泳ぎ切り、山賊を三人も撃ち倒し韋駄天《いだてん》、ここまで突破して来たメロスよ。真の勇者、メロスよ。今、ここで、疲れ切って動けなくなるとは情無い。愛する友は、おまえを信じたばかりに、やがて殺されなければならぬ。おまえは、稀代《きたい》の不信の人間、まさしく王の思う壺《つぼ》だぞ、と自分を叱ってみるのだが、全身萎《な》えて、もはや芋虫《いもむし》ほどにも前進かなわぬ。路傍の草原にごろりと寝ころがった。身体疲労すれば、精神も共にやられる。もう、どうでもいいという、勇者に不似合いな不貞腐《ふてくさ》れた根性が、心の隅に巣喰った。私は、これほど努力したのだ。約束を破る心は、みじんも無かった。神も照覧、私は精一ぱいに努めて来たのだ。動けなくなるまで走って来たのだ。私は不信の徒では無い。ああ、できる事なら私の胸を截《た》ち割って、真紅の心臓をお目に掛けたい。愛と信実の血液だけで動いているこの心臓を見せてやりたい。けれども私は、この大事な時に、精も根も尽きたのだ。私は、よくよく不幸な男だ。私は、きっと笑われる。私の一家も笑われる。私は友を欺《あざむ》いた。中途で倒れるのは、はじめから何もしないのと同じ事だ。ああ、もう、どうでもいい。これが、私の定った運命なのかも知れない。セリヌンティウスよ、ゆるしてくれ。君は、いつでも私を信じた。私も君を、欺かなかった。私たちは、本当に佳い友と友であったのだ。いちどだって、暗い疑惑の雲を、お互い胸に宿したことは無かった。いまだって、君は私を無心に待っているだろう。ああ、待っているだろう。ありがとう、セリヌンティウス。よくも私を信じてくれた。それを思えば、たまらない。友と友の間の信実は、この世で一ばん誇るべき宝なのだからな。セリヌンティウス、私は走ったのだ。君を欺くつもりは、みじんも無かった。信じてくれ！　私は急ぎに急いでここまで来たのだ。濁流を突破した。山賊の囲みからも、するりと抜けて一気に峠を駆け降りて来たのだ。私だから、出来たのだよ。ああ、この上、私に望みたもうな。放って置いてくれ。どうでも、いいのだ。私は負けたのだ。だらしが無い。笑ってくれ。王は私に、ちょっとおくれて来い、と耳打ちした。おくれたら、身代りを殺して、私を助けてくれると約束した。私は王の卑劣を憎んだ。けれども、今になってみると、私は王の言うままになっている。私は、おくれて行くだろう。王は、ひとり合点して私を笑い、そうして事も無く私を放免するだろう。そうなったら、私は、死ぬよりつらい。私は、永遠に裏切者だ。地上で最も、不名誉の人種だ。セリヌンティウスよ、私も死ぬぞ。君と一緒に死なせてくれ。君だけは私を信じてくれるにちがい無い。いや、それも私の、ひとりよがりか？　ああ、もういっそ、悪徳者として生き伸びてやろうか。村には私の家が在る。羊も居る。妹夫婦は、まさか私を村から追い出すような事はしないだろう。正義だの、信実だの、愛だの、考えてみれば、くだらない。人を殺して自分が生きる。それが人間世界の定法ではなかったか。ああ、何もかも、ばかばかしい。私は、醜い裏切り者だ。どうとも、勝手にするがよい。やんい。

ぬるかな。――四肢を投げ出して、うとうと、まどろんでしまった。

ふと耳に、潺々《せんせん》、水の流れる音が聞えた。そっと頭をもたげ、息を呑んで耳をすました。すぐ足もとで、水が流れているらしい。よろよろ起き上って、見ると、岩の裂目から滾々《こんこん》と、何か小さく囁《ささや》きながら清水が湧き出ているのである。その泉に吸い込まれるようにメロスは身をかがめた。水を両手で掬《すく》って、一くち飲んだ。ほうと長い溜息が出て、夢から覚めたような気がした。歩ける。行こう。肉体の疲労恢復《かいふく》と共に、わずかながら希望が生れた。義務遂行の希望である。わが身を殺して、名誉を守る希望である。斜陽は赤い光を、樹々の葉に投じ、葉も枝も燃えるばかりに輝いている。日没までには、まだ間がある。私を、待っている人があるのだ。少しも疑わず、静かに期待してくれている人があるのだ。私は、信じられている。私の命なぞは、問題ではない。死んでお詫び、などと気のいい事は言っていられぬ。私は、信頼に報いなければならぬ。いまはただその一事だ。走れ！　メロス。

私は信頼されている。私は信頼されている。先刻の、あの悪魔の囁きは、あれは夢だ。悪い夢だ。忘れてしまえ。五臓が疲れているときは、ふいとあんな悪い夢を見るものだ。メロス、おまえの恥ではない。やはり、おまえは真の勇者だ。再び立って走れるようになったではないか。ありがたい！　私は、正義の士として死ぬ事が出来るぞ。ああ、陽が沈む。ずんずん沈む。待ってくれ、ゼウスよ。私は生れた時から正直な男であった。正直な男のままにして死なせて下さい。

路行く人を押しのけ、跳《は》ねとばし、メロスは黒い風のように走った。野原で酒宴の、その宴席のまっただ中を駆け抜け、酒宴の人たちを仰天させ、犬を蹴《け》とばし、小川を飛び越え、少しずつ沈んでゆく太陽の、十倍も早く走った。一団の旅人と颯《さ》っとすれちがった瞬間、不吉な会話を小耳にはさんだ。「いまごろは、あの男も、磔にかかっているよ。」ああ、その男、その男のために私は、いまこんなに走っているのだ。その男を死なせてはならない。急げ、メロス。おくれてはならぬ。愛と誠の力を、いまこそ知らせてやるがよい。風態なんかは、どうでもいい。メロスは、いまは、ほとんど全裸体であった。呼吸も出来ず、二度、三度、口から血が噴き出た。見える。はるか向うに小さく、シラクスの市の塔楼が見える。塔楼は、夕陽を受けてきらきら光っている。

「ああ、メロス様。」うめくような声が、風と共に聞えた。

「誰だ。」メロスは走りながら尋ねた。

「フィロストラトスでございます。貴方のお友達セリヌンティウス様の弟子でございます。」その若い石工も、メロスの後について走りながら叫んだ。「もう、駄目でございます。むだでございます。走るのは、やめて下さい。もう、あの方《かた》をお助けになることは出来ません。」

「いや、まだ陽は沈まぬ。」

「ちょうど今、あの方が死刑になるところです。ああ、あなたは遅かった。おうらみ申します。ほんの少し、もうちょっとでも、早かったなら！」

「いや、まだ陽は沈まぬ。」メロスは胸の張り裂ける思いで、赤く大きい夕陽ばかりを見つめていた。走るより他は無い。

「やめて下さい。走るのは、やめて下さい。いまはご自分のお命が大事です。あの方は、あなたを信じておりました。刑場に引き出されても、平気でいました。王様が、さんざんあの方をからかっても、メロスは来ます、とだけ答え、強い信念を持ちつづけている様子でございました。」

「それだから、走るのだ。信じられているから走るのだ。間に合う、間に合わぬは問題でないのだ。人の命も問題でないのだ。私は、なんだか、もっと恐ろしく大きいものの為に走っているのだ。ついて来い！　フィロストラトス。」

「ああ、あなたは気が狂ったか。それでは、うんと走るがいい。

ひょっとしたら、間に合わぬものでもない。走るがいい。」

言うにや及ぶ。まだ陽は沈まぬ。最後の死力を尽して、メロスは走った。メロスの頭は、からっぽだ。何一つ考えていない。ただ、わけのわからぬ大きな力にひきずられて走った。陽は、ゆらゆら地平線に没し、まさに最後の一片の残光も、消えようとした時、メロスは疾風のごとく刑場に突入した。間に合った。

「待て。その人を殺してはならぬ。メロスが帰って来た。約束のとおり、いま、帰って来た。」と大声で刑場の群衆にむかって叫んだつもりであったが、喉がつぶれて嗄れた声が幽《かす》かに出たばかり、群衆は、ひとりとして彼の到着に気がつかない。すでに磔の柱が高々と立てられ、縄を打たれたセリヌンティウスは、徐々に釣り上げられてゆく。メロスはそれを目撃して最後の勇、先刻、濁流を泳いだように群衆を掻きわけ、掻きわけ、

「私だ、刑吏！　殺されるのは、私だ。メロスだ。彼を人質にした私は、ここにいる！」と、かすれた声で精一ぱいに叫びながら、ついに磔台に昇り、釣り上げられてゆく友の両足に、齧《かじ》りついた。群衆は、どよめいた。あっぱれ。ゆるせ、と口々にわめいた。セリヌンティウスの縄は、ほどかれたのである。

「セリヌンティウス。」メロスは眼に涙を浮べて言った。「私を殴れ。ちから一ぱいに頬を殴れ。私は、途中で一度、悪い夢を見

た。君がもし私を殴ってくれなかったら、私は君と抱擁する資格さえ無いのだ。殴れ。」

セリヌンティウスは、すべてを察した様子で首肯き、刑場一ぱいに鳴り響くほど音高くメロスの右頰を殴った。殴ってから優しく微笑《ほほえ》み、

「メロス、私を殴れ。同じくらい音高く私の頰を殴れ。私はこの三日の間、たった一度だけ、ちらと君を疑った。生れて、はじめて君を疑った。君が私を殴ってくれなければ、私は君と抱擁できない。」

メロスは腕に唸《うな》りをつけてセリヌンティウスの頰を殴った。

「ありがとう、友よ。」二人同時に言い、ひしと抱き合い、それから嬉し泣きにおいおい声を放って泣いた。

群衆の中からも、歔欷《すすりなき》の声が聞えた。暴君ディオニスは、群衆の背後から二人の様を、まじまじと見つめていたが、やがて静かに二人に近づき、顔をあからめて、こう言った。

「おまえらの望みは叶《かな》ったぞ。おまえらは、わしの心に勝ったのだ。信実とは、決して空虚な妄想ではなかった。どうか、わしをも仲間に入れてくれまいか。どうか、わしの願いを聞き入れて、おまえらの仲間の一人にしてほしい。」

どっと群衆の間に、歓声が起った。

「万歳、王様万歳。」

ひとりの少女が、緋《ひ》のマントをメロスに捧げた。メロスは、まごついた。佳き友は、気をきかせて教えてやった。

「メロス、君は、まっぱだかじゃないか。早くそのマントを着るがいい。この可愛い娘さんは、メロスの裸体を、皆に見られるのが、たまらなく口惜しいのだ。」

勇者は、ひどく赤面した。

（古伝説と、シルレルの詩から。）

高瀬舟

森鷗外

高瀬舟《たかせぶね》は京都の高瀬川を上下《じょうげ》する小舟《こぶね》である。徳川時代に京都の罪人が遠島《えんとう》を申し渡されると、本人の親類が牢屋敷《ろうやしき》へ呼び出されて、そこで暇乞《いとまごい》をすることを許された。それから罪人は高瀬舟に載せられて、大阪へ廻されることであった。それを護送するのは、京都町奉行の配下にいる同心《どうしん》で、この同心は罪人の親類の中で、主立った一人《いちにん》を大阪まで同船させることを許す慣例であった。これは上《かみ》へ通った事ではないが、いわゆる大目に見るのであった、黙許《もっきょ》であった。

当時遠島を申し渡された罪人は、もちろん重い科《とが》を犯したものと認められた人ではあるが、決して盗《ぬすみ》をするために、人を殺し火を放ったというような、獰悪《どうあく》な人物が多数を占めていたわけではない。高瀬舟に乗る罪人の過半は、いわゆる心得違《こころえちがい》のために、想わぬ科《とが》を犯した人であった。有り触れた例を挙げて見れば、当時相対死《あいたいし》といった情死を謀《はか》って、相手の女を殺して、自分だけ活き残った男というような類《たぐい》である。

そういう罪人を載せて、入相《いりあい》の鐘の鳴る頃に漕ぎ出された高瀬舟は、黒ずんだ京都の町の家々を両岸に見つつ、東へ走って、加《か》茂川《もがわ》を横ぎって下るのであった。この舟の中で、罪人とその親類の者とは夜どおし身の上を語り合う。いつもいつも悔やんででも還らぬ繰言《くりごと》である。護送の役をする同心は、傍でそれを聞いて、罪人を出した親戚眷族《けんぞく》の悲惨な境遇を細かに知ることが出来た。所詮町奉行の白洲《しらす》で、表向の口供《こうきょう》を聞いたり、役所の机の上で、口書《くちがき》を読んだりする役人の夢にも窺うことの出来ぬ境遇である。

同心を勤める人にも、種々《いろいろ》の性質があるから、この時ただうるさいと思って、耳を掩《おお》いたく思う冷淡な同心があるかと思えば、又しみじみと人の哀《あわれ》を身に引き受けて、役柄ゆえ気色《けしき》には見せぬながら、無言の中に私《ひそ》かに胸を痛める同心もあった。場合によって非常に悲惨な境遇に陥った罪人とその親類とを、特に心弱い、涙脆い同心が宰領《さいりょう》して行くことになると、その同心は不覚の涙を禁じ得ぬのであった。

そこで高瀬舟の護送は、町奉行所の同心仲間で、不快な職務として嫌われていた。

いつの頃であったか。多分江戸で白河楽翁侯《しらかわらくおうこう》が政柄《せいへい》を執っていた寛政の頃ででもあっただろう。智恩院の桜が入相《いりあい》の鐘に散る春の夕《ゆうべ》に、これまで類のない、珍らしい罪人が高瀬舟に載せら

れた。

それは名を喜助《きすけ》といって、三十歳ばかりになる、住所不定《ふじょう》の男である。固《もと》より牢屋敷に呼び出されるような親類はないので、舟にもただ一人で乗った。

護送を命ぜられて、一しょに舟に乗り込んだ同心羽田庄兵衛《はねだしょうべえ》は、ただ喜助が弟殺しの罪人だということだけを聞いていた。さて牢屋敷から桟橋まで連れて来る間、この痩肉《やせじし》の、色の蒼白い喜助の様子を見るに、いかにも神妙《しんびょう》に、いかにもおとなしく、自分をば公儀の役人として敬って、何事につけても逆《さか》らわぬようにしている。しかもそれが、罪人の間に往々見受けるような、温順を装《よそお》って権勢に媚びる態度ではない。

庄兵衛は不思議に思った。そして舟に乗ってからも、単に役目の表《おもて》で見張っているばかりでなく、絶えず喜助の挙動に、細かい注意をしていた。

その日は暮方から風が歇《や》んで、空一面を蔽《おお》った薄い雲が、月の輪郭をかすませ、ようよう近寄って来る夏の温さが、両岸の土からも、川床《かわどこ》の土からも、靄《もや》になって立ち昇るかと思われる夜であった。下京《しもきょう》の町を離れて、加茂川を横ぎった頃からは、あたりがひっそりとして、ただ舳《へさき》に割《さ》かれる水のささやきを聞くのみである。

夜舟《よふね》で寝ることは、罪人にも許されているのに、喜助は横になろうともせず、雲の濃淡に従って、光の増したり減じたりする月を仰いで、黙っている。その額は晴やかで目には微《かす》かなかがやきがある。

庄兵衛はまともには見ていぬが、終始喜助の顔から目を離さずにいる。そして不思議だ、不思議だと、心の内で繰り返している。それは喜助の顔が縦から見ても、横から見ても、いかにも楽しそうで、もし役人に対する気兼がなかったなら、口笛を吹きはじめるとか、鼻歌を歌い出すとかしそうに思われたからである。

庄兵衛は心の内に思った。これまでこの高瀬舟の宰領《さいりょう》をしたことは幾度だか知れない。しかし載せて行く罪人は、いつもほとんど同じように、目も当てられぬ気の毒な様子をしていた。それにこの男はどうしたのだろう。遊山船《ゆさんぶね》にでも乗ったような顔をしている。罪は弟を殺したのだそうだが、よしやその弟が悪い奴で、それをどんな行掛りになって殺したにせよ、人の情《じょう》として好《い》い心持はせぬ筈である。この色の蒼い痩男が、その人の情というものが全く欠けている程の、世にも稀な悪人であろうか。どうもそうは思われない。ひょっと気でも狂っているのではあるまいか。いやいや。それにしては何一つ辻褄の合わぬ言語《ことば》や挙動がない。この男はどうしたのだろう。庄兵衛がためには喜助の態度が考えれば考える程わからなくなるのである。


暫くして、庄兵衛はこらえ切れなくなって呼び掛けた。「喜助。お前何を思っているのか。」

「はい」といってあたりを見廻した喜助は、何事をかお役人に見咎められたのではないかと気遣うらしく、居ずまいを直して庄兵衛の気色《けしき》を伺った。

庄兵衛は自分が突然問《とい》を発した動機を明《あか》して、役目を離れた応対を求める分疏《いいわけ》をしなくてはならぬように感じた。そこでこういった。「いや。別にわけがあって聞いたのではない。実はな、己《おれ》は先刻《さっき》からお前の島へ往く心持が聞いて見たかったのだ。己はこれまでこの舟で大勢の人を島へ送った。それは随分いろいろな身の上の人だったが、どれもどれも島へ往くのを悲しがって、見送りに来て、一しょに舟に乗る親類のものと、夜どおし泣くに極《き》まっていた。それにお前の様子を見れば、どうも島へ往くのを苦にしてはいないようだ。一体お前はどう思っているのだい。」

喜助はにっこり笑った。「御親切に仰《おっし》やって下すって、ありがとうございます。なる程島へ往くということは、外の人には悲しい事でございましょう。その心持《こころもち》はわたくしにも思い遣《や》って見ることが出来ます。しかしそれは世間で楽をしていた人だからでございます。京都は結構な土地ではございますが、その結構な土地で、これまでわたくしのいたして参ったような苦みは、どこへ参ってもなかろうと存じます。お上《かみ》のお慈悲で、命を助けて島へ遣って下さいます。島はよしやつらい所でも、鬼の栖《す》む所ではございますまい。わたくしはこれまで、どこといって自分のいて好い所というものがございませんでした。こん度お上で島にいろと仰ゃって下さいます。そのいろと仰ゃる所に落ち着いていることが出来ますのが、先ず何よりもありがたい事でございます。それにわたくしはこんなにかよわい体ではございますが、ついぞ病気をいたしたことはございませんから、島へ往ってから、どんなつらい為事《しごと》をしたって、体を痛めるようなことはあるまいと存じます。それからこん度島へお遣下《やり》さるに付きまして、二百文の鳥目《ちょう》《もく》を戴きました。それをここに持っております。」こういい掛けて、喜助は胸に手を当てた。遠島を仰せ附けられるものには、鳥目二百銅を遣《つかわ》すというのは、当時の掟であった。

喜助は語《ことば》を続《つ》いだ。「お恥かしい事を申し上げなくてはなりませぬが、わたくしは今日まで二百文というお足《あし》を、こうして懐に入れて持っていたことはございませぬ。どこかで為事《しごと》に取り附きたいと思って、為事を尋ねて歩きまして、それが見附かり次第、骨を惜まずに働きました。そして貰った銭《ぜに》は、いつも右から左へ人手に渡さなくてはなりませなんだ。それも現金で物が買って食べられる時は、わたくしの工面の好い時で、大抵は借りたものを返して、又跡《あと》を借りたのでございます。それがお牢に這入《はい》ってからは、為事をせずに食べさせて戴きます。わたくしはそればかりでも、お上《かみ》に対して済まない事をいたしているようでなりませぬ。それにお牢を出る時に、この二百文を戴きましたのでございます。こうして相変らずお上《かみ》の物を食べていて見ますれば、この二百文はわたくしが使わずに持っていることが出来ます。お足を自分の物にして持っているということは、わたくしに取っては、これが始でございます。島へ往って見ますまでは、どんな為事が出来るかわかりませんが、わたくしはこの二百文を島でする為事の本手《もとで》にしようと楽《たの》しんでおります。」こういって、喜助は口を噤《つぐ》んだ。

庄兵衛は「うん、そうかい」とはいったが、聞く事ごとに余り意表に出たので、これも暫く何もいうことが出来ずに、考え込んで黙っていた。

庄兵衛はかれこれ初老に手の届く年になっていて、もう女房に子供を四人生ませている。それに老母が生きているので、家は七人暮しである。平生《へいぜい》人には吝嗇《りんしょく》といわれる程の、倹約な生活をしていて、衣類は自分が役目のために着るものの外、寝巻しか拵《こしら》えぬ位にしている。しかし不幸な事には、妻を好い身代《しんだい》の商人の家から迎えた。そこで女房は夫の貰う扶持米《ふちまい》で暮しを立てて行こうとする善意はあるが、裕《ゆたか》な家に可哀がられて育った癖があるので、夫が満足する程手元を引き締めて暮して行くことが出来ない。動《やや》もすれば月末になって勘定が足りなくなる。すると女房が内証で里から金を持って来て帳尻《ちょうじり》を合わせる。それは夫が借財というものを毛虫のように嫌うからである。そういう事は所詮夫に知れずにはいない。庄兵衛は五節句だといっては、里方から物を貰い、子供の七五三の祝だといっては、里方から子供に衣類を貰うのでさえ、心苦しく思っているのだから、暮しの穴を填《う》めて貰ったのに気が附いては、好い顔はしない。格別平和を破るような事のない羽田の家に、折々波風《なみかぜ》の起るのは、これが原因である。

庄兵衛は今喜助の話を聞いて、喜助の身の上をわが身の上に引き比べて見た。喜助は為事をして給料を取っても、右から左へ人手に渡して亡くしてしまうといった。いかにも哀《あわれ》な、気の毒な境《きょう》界《がい》である。しかし一転して我身の上を顧みれば、彼と我との間に、果してどれ程の差があるか。自分も上《かみ》から貰う扶持米を、右から左へ人手に渡して暮しているに過ぎぬではないか。彼と我との相違は、いわば十露盤《そろばん》の桁《けた》が違っているだけで、喜助のありがたがる二百文に相当する貯蓄だに、こっちはないのである。

さて桁を違えて考えて見れば、鳥目二百文をでも、喜助がそれを貯蓄と見て喜んでいるのに無理はない。その心持はこっちから察して遣ることが出来る。しかしいかに桁を違えて考えて見ても、不思議なのは喜助の欲のないこと、足ることを知っていることである。

喜助は世間で為事を見附けるのに苦んだ。それを見附けさえすれば、骨を惜まずに働いて、ようよう口を糊《のり》することの出来るだけで満足した。そこで牢に入ってからは、今まで得難かった食が、ほとんど天から授けられるように、働かずに得られるのに驚いて、生まれてから知らぬ満足を覚えたのである。

庄兵衛はいかに桁を違えて見ても、ここに彼と我との間に、大いなる懸隔《けんかく》のあることを知った。自分の扶持米で立てて行く暮しは、折々足らぬことがあるにしても、大抵出納《すいとう》が合っている。手一ぱいの生活である。しかるにそこに満足を覚えたことはほとんど無い。常は幸とも不幸とも感ぜずに過している。しかし心の奥には、こうして暮していて、ふいとお役が御免になったらどうしよう、大病にでもなったらどうしようという疑懼《ぎく》が潜んでいて、折々妻が里方《さとかた》から金を取り出して来て穴填《あなうめ》をしたことなどがわかると、この疑懼が意識の閾《しきい》の上に頭を擡《もた》げて来るのである。

一体この懸隔はどうして生じて来るだろう。ただ上辺《うわべ》だけを見て、それは喜助には身に係累《けいるい》がないのに、こっちにはあるからだといってしまえばそれまでである。しかしそれは虚《うそ》である。よしや自分が一人者《ひとりもの》であったとしても、どうも喜助のような心持にはなられそうにない。この根底はもっと深い処にあるようだと、庄兵衛は思った。

庄兵衛はただ漠然と、人の一生というような事を思って見た。人は身に病があると、この病がなかったらと思う。その日その日の食がないと、食って行かれたらと思う。万一の時に備える蓄《たくわえ》がないと、少しでも蓄があったらと思う。蓄があっても、又その蓄がもっと多かったらと思う。かくのごとくに先から先へと考て見れば、人はどこまで往って踏み止まることが出来るものやら分からない。それを今目の前で踏み止まって見せてくれるのがこの喜助だと、庄兵衛は気が附いた。

庄兵衛は今さらのように驚異の目を睜《みは》って喜助を見た。この時庄兵衛は空を仰いでいる喜助の頭から毫光《ごうこう》がさすように思った。

庄兵衛は喜助の顔をまもりつつ又、「喜助さん」と呼び掛けた。今度は「さん」といったが、これは十分の意識をもって称呼を改めたわけではない。その声が我口から出て我耳に入るや否や、庄兵衛はこの称呼の不穏当なのに気が附いたが、今さら既に出た詞《ことば》

を取り返すことも出来なかった。

「はい」と答えた喜助も、「さん」と呼ばれたのを不審に思うらしく、おそるおそる庄兵衛の気色《けしき》を覗った。

庄兵衛は少し間の悪いのをこらえていった。「色々の事を聞くようだが、お前が今度島へ遣《や》られるのは、人をあやめたからだという事だ。己《おれ》に序《ついで》にそのわけを話して聞せてくれぬか。」

喜助はひどく恐れ入った様子で、「かしこまりました」といって、小声で話し出した。「どうも飛んだ心得違《こころえちがい》で、恐ろしい事をいたしまして、なんとも申し上げようがございませぬ。跡で思って見ますと、どうしてあんな事が出来たかと、自分ながら不思議でなりませぬ。全く夢中でいたしましたのでございます。わたくしは小さい時に二親《ふたおや》が時疫《じえき》で亡くなりまして、弟と二人跡に残りました。初は丁度軒下に生れた狗《いぬ》の子にふびんを掛けるように町内の人達がお恵《めぐみ》下さいますので、近所中の走使《はしりづかい》などをいたして、飢え凍えもせずに、育ちました。次第に大きくなりまして職を捜しますにも、なるたけ二人が離れないようにいたして、一しょにいて、助け合って働きました。去年の秋の事でございます。わたくしは弟と一しょに、西陣の織場《おりば》に這入りまして、空引《そらびき》ということをいたすことになりました。そのうち弟が病気で働けなくなったのでございます。その頃わたくし共は北山《きたやま》の掘立小屋《ほったてごや》同様の所に寝起をいたして、紙屋川《かみやがわ》の橋を渡って織場へ通っておりましたが、わたくしが暮れてから、食物などを買って帰ると、弟は待ち受けていて、わたくしを一人で稼がせては済まない済まないと申しておりました。ある日いつものように何心なく帰って見ますと、弟は布団の上に突っ伏していまして、周囲《まわり》は血だらけなのでございます。わたくしはびっくりいたして、手に持っていた竹の皮包や何かを、そこへおっぽり出して、傍へ往って『どうしたどうした』と申しました。すると弟は真蒼《まっさお》な顔の、両方の頰《ほお》から腮《あご》へ掛けて血に染ったのを挙げて、わたくしを見ましたが、物を言うことが出来ませぬ。息をいたす度に、創口《きずぐち》でひゅうひゅうという音がいたすだけでございます。わたくしにはどうも様子がわかりませんので、『どうしたのだい、血を吐いたのかい』といって、傍へ寄ろうといたすと、弟は右の手を床《とこ》に衝《つ》いて、少し体を起しました。左の手はしっかり腮の下の所を押えていますが、その指の間から黒血の固まりがはみ出しています。弟は目でわたくしの傍へ寄るのを留めるようにして口を利きました。ようよう物が言えるようになったのでございます。『済まない。どうぞ堪忍《かんにん》してくれ。どうせなおりそうにもない病気だから、早く死んで少しでも兄きに楽がさせたいと思ったのだ。笛を切ったら、すぐ死ねるだろうと思ったが息がそこから漏れるだけで死ねない。深く深くと思って、力一ぱい押し込むと、横へすべってしまった。刃は翻《こぼ》れはしなかったようだ。これを旨く抜いてくれたら己は死ねるだろうと思っている。物を言うのがせつなくっていけない。どうぞ手を借して抜いてくれ』というのでございます。弟が左の手を弛めるとそこから又息が漏ります。わたくしはなんといおうにも、声が出ませんので、黙って弟の喉の創を覗いて見ますと、なんでも右の手に剃刀《かみそり》を持って、横に笛を切ったが、それでは死に切れなかったので、そのまま剃刀を、剔《えぐ》るように深く突っ込んだものと見えます。柄《え》がやっと二寸ばかり創口から出ています。わたくしはそれだけの事を見て、どうしようという思案も附かずに、弟の顔を見ました。弟はじっとわたくしを見詰めています。わたくしはやっとの事で、『待っていてくれ、お医者を呼んで来るから』と申しました。弟は怨めしそうな目附をいたしましたが、又左の手で喉《のど》をしっかり押えて、『医者がなんになる、ああ苦しい、早く抜いてくれ、頼む』というのでございます。わたくしは途方に暮れたような心持になって、ただ弟の顔ばかり見ております。こんな時は、不思議なもので、目が物を言います。弟の目は『早くしろ、早くしろ』といって、さも怨めしそうにわたくしを見ています。わたくしの頭の中では、なんだかこう車の輪のような物がぐるぐる廻っているようでございましたが、弟の目は恐ろしい催促を罷《や》めません。それにその目の怨めしそうなのが段々険しくなって来て、とうとう敵《かたき》の顔をでも睨むような、憎々しい目になってしまいます。それを見ていて、わたくしはとうとう、これは弟の言った通りにして遣らなくてはならないと思いました。わたくしは『しかたがない、抜いて遣るぞ』と申しました。すると弟の目の色がからりと変って、晴やかに、さも嬉しそうになりました。わたくしはなんでも一《ひ》と思《おもい》にしなくてはと思って膝を撞《つ》くようにして体を前へ乗り出しました。弟は衝いていた右の手を放して、今まで喉を押えていた手の肘を床《とこ》に衝いて、横になりました。わたくしは剃刀《かみそり》の柄《え》をしっかり握って、ずっと引きました。

この時わたくしの内から締めて置いた表口の戸をあけて、近所の婆あさんが這入って来ました。留守の間、弟に薬を飲ませたり何かしてくれるように、わたくしの頼んで置いた婆あさんなのでございます。もう大ぶ内のなかが暗くなっていましたから、わたくしには婆あさんがどれだけの事を見たのだかわかりませんでしたが、婆あさんはあっといったきり、表口をあけ放しにして置いて駆け出してしまいました。わたくしは剃刀を抜く時、手早く抜こう、真直《まっすぐ》に抜こうというだけの用心はいたしましたが、どうも抜いた時の手応《てごたえ》は、今まで切れていなかった所を切ったように思われました。刃が外の方へ向いていましたから、外の方が切れたのでございましょう。わたくしは剃刀を握ったまま、婆あさんの這入って来て又駆け出して行ったのを、ぼんやりして見ておりました。婆あさんが行ってしまってから、気が附いて弟を見ますと、弟はもう息が切れておりました。創口からは大そうな血が出ておりました。それから年寄衆がお出《いで》になって、役場へ連れて行かれますまで、わたくしは剃刀を傍に置いて、目を半分あいたまま死んでいる弟の顔を見詰めていたのでございます。」

少し俯向き加減になって庄兵衛の顔を下から見上げて話していた喜助は、こういってしまって視線を膝の上に落した。

喜助の話は好く条理が立っている。ほとんど条理が立ち過ぎているといっても好い位である。これは半年程の間、当時の事を幾度も思い浮べて見たのと、役場で問われ、町奉行所で調べられるその度ごとに、注意に注意を加えて浚《さら》って見させられたのとのためである。

庄兵衛はその場の様子を目《ま》のあたり見るような思いをして聞いていたが、これが果して弟殺しというものだろうか、人殺しというものだろうかという疑《うたがい》が、話を半分聞いた時から起って来て、聞いてしまっても、その疑を解くことが出来なかった。弟は剃刀を抜いてくれたら死なれるだろうから、抜いてくれといった。それを抜いて遣って死なせたのだ、殺したのだとはいわれる。しかしそのままにして置いても、どうせ死ななくてはならぬ弟であったらしい。それが早く死にたいといったのは、苦しさに耐えなかったからである。喜助はその苦を見ているに忍びなかった。苦から救って遣ろうと思って命を絶った。それが罪であろうか。殺したのは罪に相違ない。しかしそれが苦から救うためであったと思うと、そこに疑が生じて、どうしても解けぬのである。

庄兵衛の心の中には、いろいろに考えて見た末に、自分より上のものの判断に任す外ないという念、オオトリテエに従う外ないという念が生じた。庄兵衛はお奉行様《ぶぎょうさま》の判断を、そのまま自分の判断にしようと思ったのである。そうは思っても、庄兵衛はまだどこやらに腑に落ちぬものが残っているので、なんだかお奉行様に聞いて見たくてならなかった。

次第に更けて行く朧夜に、沈黙の人二人を載せた高瀬舟は、黒い水の面《おもて》をすべって行った。

檸檬

梶井基次郎

えたいの知れない不吉な塊が私の心を始終圧えつけていた。焦躁といおうか、嫌悪といおうか――酒を飲んだあとに宿酔《ふつかよい》があるように、酒を毎日飲んでいると宿酔に相当した時期がやって来る。それが来たのだ。これはちょっといけなかった。結果した肺《はい》尖《せん》カタルや神経衰弱がいけないのではない。また背を焼くような借金などがいけないのではない。いけないのはその不吉な塊だ。

以前私を喜ばせたどんな美しい音楽も、どんな美しい詩の一節も辛抱がならなくなった。蓄音器を聴かせて貰いにわざわざ出かけて行っても、最初の二三小節で不意に立ち上ってしまいたくなる。何かが私を居堪らずさせるのだ。それで始終私は街から街を浮浪し続けていた。

何故だかその頃私は見すぼらしくて美しいものに強くひきつけられたのを覚えている。風景にしても壊れかかった街だとか、その街にしても他所《よそ》他所《よそ》しい表通りよりもどこか親しみのある、汚い洗濯物が干してあったりがらくたが転してあったりむさくるしい部屋が覗いていたりする裏通りが好きであった。雨や風が蝕《むしば》んでやがて土に帰ってしまう、といったような趣きのある街で、土塀が崩れていたり家並が傾きかかっていたり――勢いのいいのは植物だけで、時とすると吃驚《びっくり》させるような向日葵《ひまわり》があったりカンナが咲いていたりする。

時どき私はそんな路を歩きながら、不図《ふと》、そこが京都ではなくて京都から何百里も離れた仙台とか長崎とか――そのような市へ今自分が来ているのだ――という錯覚を起そうと努める。私は、出来ることなら京都から逃げ出して誰一人知らないような市へ行ってしまいたかった。第一に安静。がらんとした旅館の一室。清浄な蒲団。匂いのいい蚊帳と糊のよくきいた浴衣《ゆかた》。そこで一月程何も思わず横になりたい。希《ねが》わくはここが何時の間にかその市になっているのだったら。――錯覚がようやく成功しはじめると私はそれからそれへ想像の絵具を塗りつけてゆく。何のことはない、私の錯覚と壊れかかった街との二重写しである。そして私はその中に現実の私自身を見失うのを楽しんだ。

私はまたあの花火という奴が好きになった。花火そのものは第二段として、あの安っぽい絵具で赤や紫や黄や青や、様ざまの縞模様を持った花火の束、中山寺の星下り、花合戦、枯れすすき。それから鼠花火というのは一つずつ輪になっていて箱に詰めてある。そんなものが変に私の心を唆《そそ》った。

それからまた、びいどろという色硝子で鯛《たい》や花を打出してあるおはじきが好きになったし、南京玉が好きになった。またそれを嘗《な》めて見るのが私にとって何ともいえない享楽だったのだ。あのびいどろの味程幽《かす》かな涼しい味があるものか。私は幼い時よくそれを口に入れては父母に叱られたものだが、その幼時のあまい記憶が大きくなって落魄《おちぶ》れた私に蘇ってくる故《せい》だろうか、全くあの味には幽かな爽かな何となく詩美といったような味覚が漂って来る。

察しはつくだろうが私にはまるで金がなかった。とはいえそんなものを見て少しでも心の動きかけた時の私自身を慰める為には贅沢ということが必要であった。二銭や三銭のもの――といって贅沢なもの。美しいもの――といって無気力な私の触角にむしろ媚《こ》びて来るもの。――そういったものが自然私を慰めるのだ。

生活がまだ蝕《むしば》まれていなかった以前私の好きであった所は、例えば丸善であった。赤や黄のオードコロンやオードキニン。洒落《しゃれ》た切子細工や典雅なロココ趣味の浮模様を持った琥珀色《こはくいろ》や翡翠《ひすい》色《いろ》の香水壜《びん》。煙管《きせる》、小刀、石鹸、煙草。私はそんなものを見るのに小一時間も費すことがあった。そして結局一等いい鉛筆を一本買う位の贅沢をするのだった。しかしここももうその頃の私にとっては重くるしい場所に過ぎなかった。書籍、学生、勘定台、これらはみな借金取の亡霊のように私には見えるのだった。

ある朝——その頃私は甲の友達から乙の友達へという風に友達の下宿を転々として暮していたのだが——友達が学校へ出てしまったあとの空虚な空気のなかにぽつねんと一人取残された。私はまたそこから彷徨《さまよ》い出なければならなかった。何かが私を追いたてる。そして街から街へ、先にいったような裏通りを歩いたり、駄菓子屋の前で立留ったり、乾物屋の乾蝦《ほしえび》や棒鱈《ぼうだら》や湯葉《ゆば》を眺めたり、とうとう私は二条の方へ寺町を下《さが》り、そこの果物屋で足を留めた。ここでちょっとその果物屋を紹介したいのだが、その果物屋は私の知っていた範囲で最も好きな店であった。そこは決して立派な店ではなかったのだが、果物屋固有の美しさが最も露骨に感ぜられた。果物は可成《かなり》勾配の急な台の上に並べてあって、その台というのも古びた黒い漆塗りの板だったように思える。何か華やかな美しい音楽の快速調《アッレグロ》の流れが、見る人を石に化したというゴルゴンの鬼面――的なものを差しつけられて、あんな色彩やあんなヴォリウムに凝《こ》り固まったという風に果物は並んでいる。青物もやはり奥へゆけばゆく程堆《うずたか》高く積まれている。――実際あそこの人参葉の美しさなどは素晴らしかった。それから水に漬けてある豆だとか慈姑《くわい》だとか。

またそこの家の美しいのは夜だった。寺町通は一体に賑かな通りで――といって感じは東京や大阪よりはずっと澄んでいるが――飾窓《かざりまど》の光がおびただしく街路へ流れ出ている。それがどうした訳かその店頭の周囲だけが妙に暗いのだ。もともと片方は暗い二条通に接している街角になっているので、暗いのは当然であったが、その隣家が寺町通にある家にも拘らず暗かったのが瞭然《はっきり》しない。しかしその家が暗くなかったら、あんなにも私を誘惑するには至らなかったと思う。もう一つはその家の打ち出した廂《ひさし》なのだが、その廂が眼深《まぶか》に冠った帽子の廂のように――これは形容というよりも、「おや、あそこの店は帽子の廂をやけに下げているぞ」と思わせる程なので、廂の上はこれも真暗なのだ。そう周囲が真暗なため、店頭に点けられた幾つもの電燈が驟雨《しゅうう》のように浴せかける絢爛《けんらん》は、周囲の何者にも奪われることなく、肆《ほしいまま》にも美しい眺めが照し出されているのだ。裸の電燈が細長い螺旋棒《らせんぼう》をきりきり眼の中へ刺し込んで来る往来に立って、また近所にある鎰《かぎ》屋《や》の二階の硝子窓をすかして眺めたこの果物屋の眺め程、その時どきの私を興がらせたものは寺町の中でも稀だった。

その日私は何時になくその店で買物をした。というのはその店には珍らしい檸檬《れもん》が出ていたのだ。檸檬など極くありふれている。がその店というのも見すぼらしくはないまでもただあたりまえの八百屋に過ぎなかったので、それまであまり見かけたことはなかった。一体私はあの檸檬が好きだ。レモンエロウの絵具をチューブから搾り出して固めたようなあの単純な色も、それからあの丈《たけ》の詰った紡錘形《ぼうすいけい》の恰好も。——結局私はそれを一つだけ買うことにした。それからの私はどこへどう歩いたのだろう。私は長い間街を歩いていた。始終私の心を圧えつけていた不吉な塊がそれを握った瞬間からいくらか弛《ゆる》んで来たと見えて、私は街の上で非常に幸福であった。あんなに執拗《しつこ》かった憂鬱が、そんなものの一顆《いっか》で紛らされる——あるいは不審なことが、逆説的な本当であった。それにしても心という奴は何という不思議な奴だろう。

その檸檬の冷たさはたとえようもなくよかった。その頃私は肺尖を悪くしていていつも身体に熱が出た。事実友達の誰彼に私の熱を見せびらかす為に手の握り合いなどをして見るのだが、私の掌が誰のよりも熱かった。その熱い故だったのだろう、握っている掌から身内に浸み透ってゆくようなその冷さは快いものだった。

私は何度も何度もその果実を鼻に持って行っては嗅いで見た。それの産地だというカリフォルニヤが想像に上って来る。漢文で習った「売柑者之言」の中に書いてあった「鼻を撲《う》つ」という言葉が断《き》ぎれ《れ》に浮んで来る。そしてふかぶかと胸一杯に匂やかな空気を吸込めば、ついぞ胸一杯に呼吸したことのなかった私の身体や顔には温い血のほとぼりが昇って来て何だか身内に元気が目覚めて来たのだった。……

実際あんな単純な冷覚や触覚や嗅覚や視覚が、ずっと昔からこればかり探していたのだといい度《た》くなった程私にしっくりしたなんて私は不思議に思える――それがあの頃のことなんだから。

私はもう往来を軽やかな昂奮に弾《はず》んで、一種誇りかな気持さえ感じながら、美的装束をして街を濶歩した詩人のことなど思い浮べては歩いていた。汚れた手拭の上へ載せてみたりマントの上へあてがってみたりして色の反映を量ったり、またこんなことを思ったり、

——つまりはこの重さなんだな。——

その重さこそ常づね尋ねあぐんでいたもので、疑いもなくこの重さは総ての善いもの総ての美しいものを重量に換算して来た重さであるとか、思いあがった諧謔心《かいぎゃくしん》からそんな馬鹿げたことを考えて見たり——何がさて私は幸福だったのだ。

どこをどう歩いたのだろう、私が最後に立ったのは丸善の前だった。平常あんなに避けていた丸善がその時の私には易やすと入れるように思えた。

「今日は一つ入って見てやろう」そして私はずかずか入って行った。

しかしどうしたことだろう、私の心を充していた幸福な感情は段々逃げて行った。香水の壜《びん》にも煙管《きせる》にも私の心はのしかかってはゆかなかった。憂鬱が立て罩《こ》めて来る、私は歩き廻った疲労が出て来たのだと思った。私は画本の棚の前へ行って見た。画集の重たいのを取り出すのさえ常に増して力が要るな！　と思った。しかし私は一冊ずつ抜き出しては見る、そして開けては見るのだが、克明にはぐってゆく気持は更に湧いて来ない。しかも呪われたことにはまた次の一冊を引き出して来る。それも同じことだ。それでいて一度バラバラとやってみなくては気が済まないのだ。それ以上は堪らなくなってそこへ置いてしまう。以前の位置へ戻すことさえ出来ない。私は幾度もそれを繰返した。とうとうおしまいには日頃から大好きだったアングルの橙色の重い本まで尚一層の堪え難さのために置いてしまった。――何という呪われたことだ。手の筋肉に疲労が残っている。私は憂鬱になってしまって、自分が抜いたまま積み重ねた本の群を眺めていた。

以前にはあんなに私をひきつけた画本がどうしたことだろう。一枚一枚に眼を晒《さら》し終って後、さてあまりに尋常な周囲を見廻すときのあの変にそぐわない気持を、私は以前には好んで味わっていたものであった。……

「あ、そうだそうだ」そのとき私は袂の中の檸檬を憶い出した。

本の色彩をゴチャゴチャに積みあげて、一度この檸檬で試して見たら。「そうだ」

私にまた先程の軽やかな昂奮が帰って来た。私は手当り次第に積みあげ、また慌《あわただ》しく潰し、また慌しく築きあげた。新しく引き抜いてつけ加えたり、取去ったりした。奇怪な幻想的な城が、その度に赤くなったり青くなったりした。

やっとそれは出来上った。そして軽く跳《おど》りあがる心を制しながら、その城壁の頂きに恐る恐る檸檬を据えつけた。そしてそれは上出来だった。

見わたすと、その檸檬の色彩はガチャガチャした色の諧調をひっそりと紡錘形の身体の中へ吸収してしまって、カーンと冴えかえっていた。私は埃っぽい丸善の中の空気が、その檸檬の周囲だけ変に緊張しているような気がした。私はしばらくそれを眺めていた。

不意に第二のアイディアが起った。その奇妙なたくらみはむしろ私をぎょっとさせた。

――それをそのままにしておいて私は、何喰わぬ顔をして外へ出る。――

私は変にくすぐったい気持がした。「出て行こうかなあ。そうだ出て行こう」そして私はすたすた出て行った。

変にくすぐったい気持が街の上の私を微笑ませた。丸善の棚へ黄金色に輝く恐ろしい爆弾を仕掛て来た奇怪な悪漢が私で、もう十分後にはあの丸善が美術の棚を中心として大爆発をするのだったらどんなに面白いだろう。

私はこの想像を熱心に追求した。「そうしたらあの気詰りな丸善も粉葉《こっぱ》みじんだろう」

そして私は活動写真の看板画が奇体な趣きで街を彩《いろど》っている京極を下って行った。

耳無芳一の話

小泉八雲／戸川明三訳

七百年以上も昔の事、下ノ関海峡の壇ノ浦で、平家すなわち平族と、源氏すなわち源族との間の、永い争いの最後の戦闘が戦われた。この壇ノ浦で平家は、その一族の婦人子供ならびにその幼帝——今日安徳天皇と記憶されている——と共に、全く滅亡した。そうしてその海と浜辺とは七百年間その怨霊に祟られていた……他の個処《かしょ》で私はそこにいる平家蟹という不思議な蟹の事を読者諸君に語った事があるが、それはその背中が人間の顔になっており、平家の武者の魂であるといわれているのである。しかしその海岸一帯には、沢山不思議な事が見聞される。闇夜には幾千となき幽霊火が、水うち際にふわふわさすらうか、もしくは波の上にちらちら飛ぶ——すなわち漁夫の呼んで鬼火すなわち魔の火と称する青白い光りがある。そして風の立つ時には大きな叫び声が、戦の叫喚《きょうかん》のように、海から聞えて来る。

平家の人達は以前は今よりも遥かに焦慮《もが》いていた。夜、漕ぎ行く船のほとりに立ち顕《あらわ》れ、それを沈めようとし、又水泳する人をたえず待ち受けていては、それを引きずり込もうとするのである。これ等の死者を慰めるために建立されたのが、すなわち赤間ヶ関の仏教の御寺なる阿弥陀《あみだ》寺であったが、その墓地もまた、それに接して海岸に設けられた。そしてその墓地の内には入水された皇帝と、その歴々の臣下との名を刻みつけた幾箇かの石碑が立てられ、かつそれ等の人々の霊のために、仏教の法会がそこで整然《ちゃん》と行われていたのである。この寺が建立され、その墓が出来てから以後、平家の人達は以前よりも禍いをする事が少くなった。しかしそれでもなお引き続いて折々、怪しい事をするのではあった――彼等が完《まった》き平和を得ていなかった事の証拠として。

幾百年か以前の事、この赤間ヶ関に芳一という盲人が住んでいたが、この男は吟誦《ぎんしょう》して、琵琶を奏するに妙を得ているので世に聞《きこ》えていた。子供の時から吟誦し、かつ弾奏する訓練を受けていたのであるが、まだ少年の頃から、師匠達を凌駕していた。本職の琵琶法師としてこの男は重《お》もに、平家及び源氏の物語を吟誦するので有名になった、そして壇ノ浦の戦の歌を謡うと鬼神すらも涙をとどめ得なかったという事である。

芳一はその出世の首途《かどで》の際、はなはだ貧しかったが、しかし助けてくれる深切な友があった。すなわち阿彌陀寺の住職というのが、詩歌や音楽が好《すき》であったので、度々芳一を寺へ招じて弾奏させ又、吟誦したのであった。後になり住職はこの少年の驚くべき技倆《ぎりょう》に酷く感心して、芳一に寺をば自分の家とするようにといい出したのであるが、芳一は感謝してこの申し出を受納した。それで芳一は寺院の一室を与えられ、食事と宿泊とに対する返礼として、別に用のない晩には、琵琶を奏して、住職を悦ばすという事だけが注文されていた。

ある夏の夜の事、住職は死んだ檀家の家で、仏教の法会を営むように呼ばれたので、芳一だけを寺に残して納所を連れて出て行った。それは暑い晩であったので、盲人芳一は涼もうと思って、寝間の前の縁側に出ていた。この縁側は阿彌陀寺の裏手の小さな庭を見下しているのであった。芳一は住職の帰来を待ち、琵琶を練習しながら自分の孤独を慰めていた。夜半も過ぎたが、住職は帰って来なかった。しかし空気はまだなかなか暑くて、戸の内ではくつろぐわけには行《い》かない、それで芳一は外にいた。やがて、裏門から近よって来る跫音《あしおと》が聞えた。誰れかが庭を横断して、縁側の処へ進みより、芳一のすぐ前に立ち止った――が、それは住職ではなかった。底力のある声が盲人の名を呼んだ――出し抜けに、無作法に、丁度、侍が下々《したじた》を呼びつけるような風に――

『芳一！』

芳一はあまりに吃驚《びっくり》して暫《しばら》くは返事も出なかった、すると、その声は厳しい命令を下すような調子で呼ばわった——

『芳一！』

『はい！』威嚇する声に縮み上って盲人は返事をした——『私は盲目で御座います！——どなたがお呼びになるのか解りません！』

見知らぬ人は言葉をやわらげて言い出した、『何も恐わがる事はない、拙者はこの寺の近所にいるもので、お前の許《とこ》へ用を伝えるように言いつかって来たものだ。拙者の今の殿様というのは、大した高い身分の方で、今、沢山立派な供をつれてこの赤間ヶ関に御滞在なされているが、壇ノ浦の戦場を御覧になりたいというので、今日、そこを御見物になったのだ。ところで、お前がその戦争《いくさ》の話を語るのが、上手だという事をお聞きになり、お前のその演奏をお聞きになりたいとの御所望である、であるから、琵琶をもち即刻拙者と一緒に尊い方々の待ち受けておられる家へ来るが宜い』

当時、侍の命令といえば容易に、反《そむ》くわけには行かなかった。で、芳一は草履《ぞうり》をはき琵琶をもち、知らぬ人と一緒に出て行ったが、その人は巧者に芳一を案内して行ったけれども、芳一は余程急ぎ足で歩かなければならなかった。また手引きをしたその手は鉄のようであった。武者の足どりのカタカタいう音はやがて、その人がすっかり甲冑を着けている事を示した――定めし何か殿居《とのい》の衛士ででもあろうか、芳一の最初の驚きは去って、今や自分の幸運を考え始めた――何故かというに、この家来の人の「大した高い身分の人」といった事を思い出し、自分の吟誦を聞きたいと所望された殿様は、第一流の大名に外ならぬと考えたからである。やがて侍は立ち止った。芳一は大きな門口に達したのだと覚った――処で、自分は町のその辺には、阿弥陀寺の大門を外にしては、別に大きな門があったとは思わなかったので不思議に思った。「開門！」と侍は呼ばわった――すると閂《かんぬき》を抜く音がして、二人は這入《はい》って行った。二人は広い庭を過ぎ再びある入口の前で止った。そこでこの武士は大きな声で「これ誰れか内のもの！芳一を連れて来た」と叫んだ。すると急いで歩く跫音、襖《ふすま》のあく音、雨戸の開く音、女達の話し声などが聞えて来た。女達の言葉から察して、芳一はそれが高貴な家の召使である事を知った。しかしどういう処へ自分は連れられて来たのか見当が付かなかった。が、それを兎《と》や角《かく》考えている間もなかった。手を引かれて幾箇かの石段を登ると、その一番最後《しまい》の段の上で、草履をぬげといわれ、それから女の手に導かれて、拭《ふ》き込んだ板鋪《いたじき》のはてしのない区域を過ぎ、覚え切れないほど沢山な柱の角を廻り、驚くべき程広い畳を敷いた床を通り——大きな部屋の真中に案内された。そこに大勢の人が集っていたと芳一は思った。絹のすれる音は森の木の葉の音のようであった。それから又何んだかガヤガヤいっている大勢の声も聞こえた——低音で話している。そしてその言葉は宮中の言葉であった。

芳一は気楽にしているようにといわれ、座蒲団が自分のために備えられているのを知った。それでその上に座を取って、琵琶の調子を合わせると、女の声が——その女を芳一は老女すなわち女のする用向きを取り締る女中頭と判じた——芳一に向ってこう言いかけた——

『ただ今、琵琶に合わせて、平家の物語を語って戴きたいという御所望に御座います』

さてそれをすっかり語るには幾晩もかかる、それ故《ゆえ》芳一は進んでこう訊ねた——

『物語の全部は、一寸《ちょっと》は語られませぬが、どの条下《くさり》を語れという殿様の御所望で御座いますか？』

女の声は答えた——

『壇ノ浦の戦《いくさ》の話をお語りなされ——その一条下《ひとくさり》が一番哀れの深い処で御座いますから』

芳一は声を張り上げ、烈しい海戦の歌をうたった——琵琶をもって、あるいは橈《かじ》を引き、船を進める音を出さしたり、はッしと飛ぶ矢の音、人々の叫ぶ声、足踏みの音、兜にあたる刃の響き、海に陥る打たれたもの音等を、驚くばかりに出さしたりして。その演奏の途切れ途切れに、芳一に自分の左右に、賞讃の囁く声を聞いた、――「何という巧《うま》い琵琶師だろう！」――「自分達の田舎ではこんな琵琶を聴いた事がない！」――「国中に芳一のような謡い手はまたとあるまい！」すると一層勇気が出て来て、芳一は益々うまく弾きかつ謡った。そして驚きのため周囲は森《しん》としてしまった。しかし終りに美人弱者の運命――婦人と子供との哀れな最期――双腕に幼帝を抱き奉った二位の尼の入水を語った時には――聴者はことごとく皆一様に、長い長い戦《おのの》き慄える苦悶の声をあげ、それから後というもの一同は声をあげ、取り乱して哭《な》き悲しんだので、芳一は自分の起こさした悲痛の強烈なのに驚かされた位であった。暫くの間はむせび悲しむ声が続いた。しかし、徐《おもむろ》に哀哭の声は消えて、又それに続いた非常な静かさの内に、芳一は老女であると考えた女の声を聞いた。

その女はこういった――

『私共は貴方が琵琶の名人であって、又謡う方でも肩を並べるもののない事は聞き及んでいた事では御座いますが、貴方が今晩御聴かせ下すったようなあんなお腕前をお有《も》ちになろうとは思いも致しませんでした。殿様には大層御気に召し、貴方に十分な御礼を下さる御考えである由を御伝え申すようとの事に御座います。が、これから後六日の間毎晩一度ずつ殿様の御前《ごぜん》で演奏《わざ》をお聞きに入れるようとの御意に御座います――その上で殿様には多分御帰りの旅に上られる事と存じます。それ故明晩も同じ時刻に、ここへ御出向きなされませ。今夜、貴方を御案内いたしたあの家来が、また、御迎えに参るで御座いましょう……それからも一つ貴方に御伝えするように申しつけられた事が御座います。それは殿様がこの赤間ヶ関に御滞在中、貴方がこの御殿に御上りになる事を誰れにも御話しにならぬようとの御所望に御座います。殿様には御忍びの御旅行ゆえ、かような事は一切口外致さぬようとの御上意によりますので。……ただ今、御自由に御坊に御帰り遊《あそ》ばせ』

芳一は感謝の意を十分に述べると、女に手を取られてこの家の入口まで来、そこには前に自分を案内してくれた同じ家来が待っていて、家につれられて行った。家来は寺の裏の縁側の処まで芳一を連れて来て、そこで別れを告げて行った。

芳一の戻ったのはやがて夜明けであったが、その寺をあけた事には、誰れも気が付かなかった――住職は余程遅く帰って来たので、芳一は寝ているものと思ったのであった。昼の中芳一は少し休息する事が出来た。そしてその不思議な事件に就いては一言もしなかった。翌日の夜中に侍が又芳一を迎えに来て、かの高貴の集りに連れて行ったが、そこで芳一はまた吟誦し、前回の演奏が贏《か》ち得たその同じ成功を博した。しかるにこの二度目の伺候《しこう》中、芳一の寺をあけている事が偶然に見つけられた。それで朝戻ってから芳一は住職の前に呼びつけられた。住職は言葉やわらかに叱るような調子でこう言った、——

『芳一、私共はお前の身の上を大変心配していたのだ。目が見えないのに、一人で、あんなに遅く出かけては険難《けんなん》だ。何故、私共にことわらずに行ったのだ。そうすれば下男に供をさしたものに、それから又どこへ行っていたのかな』
芳一は言い逭《のが》れるように返事をした――
『和尚様、御免下さいまし！　少々私用が御座いまして、他の時刻にその事を処置する事が出来ませんでしたので』
住職は芳一が黙っているので、心配したというよりもむしろ驚いた。それが不自然な事であり、何かよくない事でもあるのではなかろうかと感じたのであった。住職はこの盲人の少年があるいは悪魔につかれたか、あるいは騙されたのであろうと心配した。で、それ以上何も訊ねなかったが、密《ひそ》かに寺の下男に旨をふくめて、芳一の行動に気をつけており、暗くなってから、また寺を出て行くような事があったなら、その後を跟《つ》けるようにといいつけた。

すぐその翌晩、芳一の寺を脱け出て行くのを見たので、下男達は直ちに提灯をともし、その後を跟けた。しかるにそれが雨の晩で非常に暗かった為、寺男が道路へ出ない内に、芳一の姿は消え失せてしまった。正《まさ》しく芳一は非常に早足で歩いたのだ——その盲目な事を考えて見るとそれは不思議な事だ、何故かというに道は悪るかったのであるから。男達は急いで町を通って行き、芳一がいつも行きつけている家へ行き、訊ねて見たが、誰れも芳一の事を知っているものはなかった。しまいに、男達は浜辺の方の道から寺へ帰って来ると、阿弥陀寺の墓地の中に、盛んに琵琶の弾じられている音が聞えるので、一同は吃驚《びっく》りした。二つ三つの鬼火——暗い晩に通例そこにちらちら見えるような——の外、そちらの方は真暗であった。しかし、男達はすぐに墓地へと急いで行った、そして提灯の明かりで、一同はそこに芳一を見つけた——雨の中に、安徳天皇の記念の墓の前に独り坐って、琵琶をならし、壇ノ浦の合戦の曲を高く誦して。その背後《うしろ》と周囲《まわり》と、それから到る処沢山の墓の上に死者の霊火が蝋燭《ろうそく》のように燃えていた。

いまだかつて人の目にこれほどの鬼火が見えた事はなかった……『芳一さん！――芳一さん！』下男達は声をかけた『貴方は何かに魅《ばか》されているのだ！……芳一さん！』

しかし盲人には聞えないらしい。力を籠めて芳一は琵琶を錚《そう》錚嘎嘎《そうかつかつ》と鳴らしていた――益々烈しく壇ノ浦の合戦の曲を誦した。男達は芳一をつかまえ――耳に口をつけて声をかけた――『芳一さん！――芳一さん！――すぐ私達と一緒に家にお帰んなさい！』

叱るように芳一は男達に向っていった――

『この高貴の方々の前で、そんな風に私の邪魔をするとは容赦はならんぞ』

事柄の無気味なに拘らず、これには下男達も笑わずにはいられなかった。芳一が何かに魅されていたのは確かなので、一同は芳一を捕《つかま》え、その身体《からだ》をもち上げて起たせ、力まかせに急いで寺へつれ帰った——そこで住職の命令で、芳一は濡れた着物を脱ぎ、新しい着物を着せられ、食べものや、飲みものを与えられた。その上で住職は芳一のこの驚くべき行為を是非十分に説き明かす事を迫った。

芳一は長い間それを語るに躊躇《ちゅうちょ》していた。しかし、遂に自分の行為が実際、深切な住職を驚かしかつ怒らした事を知って、自分の緘黙《かんもく》を破ろうと決心し、最初、侍の来た時以来、あった事を一切物語った。

すると住職はいった……

『可哀そな男だ。芳一、お前の身は今大変に危ういぞ！　もっと前にお前がこの事をすっかり私に話さなかったのはいかにも不幸な事であった！　お前の音楽の妙技がまったく不思議な難儀にお前を引き込んだのだ。お前は決して人の家を訪れているのではなくて、墓地の中に平家の墓の間で、夜を過していたのだという事に、今はもう心付かなくてはいけない――今夜、下男達はお前の雨の中に坐っているのを見たが、それは安徳天皇の記念の墓の前であった。お前が想像していた事はみな幻影《まぼろし》だ——死んだ人の訪れて来た事の外は。で、一度死んだ人のいう事を聴いた上は、身をその為《す》るがままに任したというものだ。もしこれまであった事の上に、またも、そのいう事を聴いたなら、お前はその人達に八つ裂きにされる事だろう。しかし、いずれにしても早晩、お前は殺される……処で、今夜私はお前と一緒にいるわけに行かぬ。私は又一つ法会をするように呼ばれている。が、行く前にお前の身体を護るために、その身体に経文を書いて行かなければなるまい』

日没前住職と納所とで芳一を裸にし、筆をもって二人して芳一の、胸、背、頭、顔、頸、手足――身体中どこといわず、足の裏にさえも――般若心経というお経の文句を書きつけた。それが済むと、住職は芳一にこう言いつけた。――

『今夜、私が出て行ったらすぐに、お前は縁側に坐って、待っていなさい。すると迎えが来る。が、どんな事があっても、返事をしたり、動いてはならぬ。口を利かず静かに坐っていなさい――禅定に入っているようにして。もし動いたり、少しでも声を立てたりすると、お前は切りさいなまれてしまう。恐《こ》わがらず、助けを呼んだりしようと思ってはいかぬ。――助けを呼んだ処で助かるわけのものではないから。私がいう通りに間違いなくしておれば、危険は通り過ぎて、もう恐わい事はなくなる』

日が暮れてから、住職と納所とは出て行った、芳一は言いつけられた通り縁側に座を占めた。自分の傍の板鋪の上に琵琶を置き、入禅の姿をとり、じっと静かにしていた――注意して咳もせかず、聞えるようには息もせずに。幾時間もこうして待っていた。

すると道路の方から跫音のやって来るのが聞えた。跫音は門を通り過ぎ、庭を横断り、縁側に近寄って止った――すぐ芳一の正面に。

『芳一!』と底力のある声が呼んだ。が盲人は息を凝らして、動かずに坐っていた。

『芳一!』と再び恐ろしい声が呼ばわった。ついで三度——凶《きょう》猛《もう》な声で——

『芳一』

芳一は石のように静かにしていた——すると苦情をいうような声で——

『返事がない!——これはいかん!……奴、どこに居るのか見てやらなけれやア』……

縁側に上る重もくるしい跫音がした。足はしずしずと近寄って――芳一の傍に止った。それから暫くの間――その間、芳一は全身が胸の鼓動するに連《つ》れて震えるのを感じた――全く森閑としてしまった。

遂に自分のすぐ傍《そば》であらあらしい声がこういい出した――『ここに琵琶がある、だが、琵琶師といっては――ただその耳が二つあるばかりだ！……道理で返事をしない筈《はず》だ、返事をする口がないのだ――両耳の外、琵琶師の身体は何も残っていない……よし殿様へこの耳を持って行こう――出来る限り殿様の仰せられた通りにした証拠に……』

その瞬時に芳一は鉄のような指で両耳を掴まれ、引きちぎられたのを感じた！　痛さは非常であったが、それでも声はあげなかった。重もくるしい足踏みは縁側を通って退いて行き――庭に下り――道路の方へ通って行き――消えてしまった。芳一は頭の両側から濃い温いものの滴って来るのを感じた。が、あえて両手を上げる事もしなかった……

日の出前に住職は帰って来た。急いですぐに裏の縁側の処へ行くと、何んだかねばねばしたものを踏みつけて滑り、そして慄然《ぞっ》として声をあげた――それは提灯の光りで、そのねばねばしたものの血であった事を見たからである。しかし、芳一は入禅の姿勢でそこに坐っているのを住職は認めた――傷からはなお血をだらだら流して。

『可哀そうに芳一』と驚いた住職は声を立てた――『これはどうした事か……お前、怪我をしたのか』……

住職の声を聞いて盲人は安心した。芳一は急に泣き出した。そして、涙ながらにその夜の事件を物語った。『可哀そうに、可哀そうに芳一！』と住職は叫んだ――『みな私の手落ちだ！――酷い私の手落ちだ！……お前の身体中くまなく経文を書いたに――耳だけが残っていた！　そこへ経文を書く事は納所に任したのだ。処で納所が相違なくそれを書いたか、それを確かめて置かなかったのは、重々《じゅうじゅう》私が悪かった！……いや、どうもそれはもう致し方のない事だ——出来るだけ早く、その傷を治《なお》すより仕方がない……芳一、まア喜べ！——危険は今全く済んだ。もう二度とあんな来客に煩わされる事はない』

深切な医者の助けで、芳一の怪我はほどなく治った。この不思議な事件の話は諸方に広がり、たちまち芳一は有名になった。貴い人々が大勢赤間ヶ関に行って、芳一の吟誦を聞いた。そして芳一は多額の金員を贈り物に貰った——それで芳一は金持ちになった……しかしこの事件のあった時から、この男は耳無芳一という呼び名ばかりで知られていた。

堕落論

坂口安吾

半年のうちに世相は変った。醜《しこ》の御楯《みたて》といでたつ我は。大君のへにこそ死なめかへりみはせじ。若者達は花と散ったが、同じ彼等が生き残って闇屋となる。ももとせの命ねがはじいつの日か御楯とゆかん君とちぎりて。けなげな心情で男を送った女達も半年の月日のうちに夫君の位牌にぬかづくことも事務的になるばかりであろうし、やがて新たな面影を胸に宿すのも遠い日のことではない。人間が変ったのではない。人間は元来そういうものであり、変ったのは世相の上皮だけのことだ。

昔、四十七士の助命を排して処刑を断行した理由の一つは、彼等が生きながらえて生き恥をさらし折角の名を汚す者が現れてはいけないという老婆心であったそうな。現代の法律にこんな人情は存在しない。けれども人の心情には多分にこの傾向が残っており、美しいものを美しいままで終らせたいということは一般的な心情の一つのようだ。十数年前だかに童貞処女のまま愛の一生を終らせようと大磯のどこかで心中した学生と娘があったが世人の同情は大きかったし、私自身も、数年前に私と極めて親しかった姪の一人が二十一の年に自殺したとき、美しいうちに死んでくれて良かったような気がした。一見清楚な娘であったが、壊れそうな危なさがあり真逆様《まっさかさま》に地獄へ堕ちる不安を感じさせるところがあって、その一生を正視するに堪えないような気がしていたからであった。

この戦争中、文士は未亡人の恋愛を書くことを禁じられていた。戦争未亡人を挑発堕落させてはいけないという軍人政治家の魂胆で彼女達に使徒の余生を送らせようと欲していたのであろう。軍人達の悪徳に対する理解力は敏感であって、彼等は女心の変り易さを知らなかったわけではなく、知りすぎていたので、こういう禁止項目を案出に及んだまでであった。

いったいが日本の武人は古来婦女子の心情を知らないと言われているが、これは皮相の見解で、彼等の案出した武士道という武骨千万な法則は人間の弱点に対する防壁がその最大の意味であった。

武士は仇討のために草の根を分け乞食となっても足跡を追いまくらねばならないというのであるが、真に復讐の情熱をもって仇敵の足跡を追いつめた忠臣孝子があったであろうか。彼等の知っていたのは仇討の法則と法則に規定された名誉だけで、元来日本人は最も憎悪心の少い又永続しない国民であり、昨日の敵は今日の友という楽天性が実際の偽らぬ心情であろう。昨日の敵と妥協否肝胆相照《かんたんあいてら》すのは日常茶飯事であり、仇敵なるが故に一そう肝胆相照らし、たちまち二君に仕えたがるし、昨日の敵にも仕えたがる。生きて捕虜の恥を受けるべからず、というが、こういう規定がないと日本人を戦闘にかりたてるのは不可能なので、我々は規約に従順であるが、我々の偽らぬ心情は規約と逆なものである。日本戦史は武士道の戦史よりも権謀術数の戦史であり、歴史の証明にまつよりも自我の本心を見つめることによって歴史のカラクリを知り得るであろう。今日の軍人政治家が未亡人の恋愛に就《つ》いて執筆を禁じたごとく、古《いにしえ》の武人は武士道によって自らの又部下達の弱点を抑える必要があった。

小林秀雄は政治家のタイプを独創をもたずただ管理し支配する人種と称しているが、必ずしもそうではないようだ。政治家の大多数は常にそうであるけれども、少数の天才は管理や支配の方法に独創をもち、それが凡庸な政治家の規範となって個々の時代、個々の政治を貫く一つの歴史の形で巨大な生き者の意志を示している。政治の場合において、歴史は個をつなぎ合せたものではなく、個を没入せしめた別個の巨大な生物となって誕生し、歴史の姿において政治もまた巨大な独創を行っているのである。この戦争をやった者は誰であるか、東条であり軍部であるか。そうでもあるが、しかし又、日本を貫く巨大な生物、歴史のぬきさしならぬ意志であったに相違ない。日本人は歴史の前ではただ運命に従順な子供であったにすぎない。政治家によし独創はなくとも、政治は歴史の姿において独創をもち、意欲をもち、やむべからざる歩調をもって大海の波のごとくに歩いて行く。何人が武士道を案出したか。これもまた歴史の独創、又は嗅覚であったであろう。歴史は常に人間を嗅ぎだしている。そして武士道は人性や本能に対する禁止条項である為に非人間的、反人性的なものであるが、その人性や本能に対する洞察の結果である点においては全く人間的なものである。

私は天皇制に就いても、極めて日本的な（従ってあるいは独創的な）政治的作品を見るのである。天皇制は天皇によって生みだされたものではない。天皇は時に自ら陰謀を起したこともあるけれども、概して何もしておらず、その陰謀は常に成功のためしがなく、島流しとなったり、山奥へ逃げたり、そして結局常に政治的理由によってその存立を認められてきた。社会的に忘れた時にすら政治的に担ぎだされてくるのであって、その存立の政治的理由はいわば政治家達の嗅覚によるもので、彼等は日本人の性癖を洞察し、その性癖の中に天皇制を発見していた。それは天皇家に限るものではない。代り得るものならば、孔子家でも釈迦家でもレーニン家でも構わなかった。ただ代り得なかっただけである。すくなくとも日本の政治家達（貴族や武士）は自己の永遠の隆盛（それは永遠ではなかったが、彼等は永遠を夢みたであろう）を約束する手段として絶対君主の必要を嗅ぎつけていた。平安時代の藤原氏は天皇の擁立を自分勝手にやりながら、自分が天皇の下位であるのを疑りもしなかったし、迷惑にも思っていなかった。天皇の存在によって御家騒動の処理をやり、弟は兄をやりこめ、兄は父をやっつける。彼等は本能的な実質主義者であり、自分の一生が愉しければ良かったし、そのくせ朝儀を盛大にして天皇を拝賀する奇妙な形式が大好きで、満足していた。天皇を拝むことが、自分自身の威厳を示し、又、自ら威厳を感じる手段でもあったのである。

我々にとっては実際馬鹿げたことだ。我々は靖国神社の下を電車が曲るたびに頭を下げさせられる馬鹿らしさには閉口したが、ある種の人々にとっては、そうすることによってしか自分を感じることが出来ないので、我々は靖国神社に就いてはその馬鹿らしさを笑うけれども、外の事柄に就いて、同じような馬鹿げたことを自分自身でやっている。そして自分の馬鹿らしさには気づかないだけのことだ。宮本武蔵は一乗寺下り松の果し場へ急ぐ途中、八幡様の前を通りかかって思わず拝みかけて思いとどまったというが、吾《われ》神仏をたのまずという彼の教訓は、この自らの性癖に発し又向けられた悔恨深い言葉であり、我々は自発的にはずいぶん馬鹿げたものを拝み、ただそれを意識しないというだけのことだ。道学先生は教壇で先ず書物をおしいただくが、彼はそのことに自分の威厳と自分自身の存在すらも感じているのであろう。そして我々も何かにつけて似たことをやっている。

日本人のごとく権謀術数を事とする国民には権謀術数のためにも大義名分のためにも天皇が必要で、個々の政治家は必ずしもその必要を感じていなくとも、歴史的な嗅覚において彼等はその必要を感じるよりも自らのいる現実を疑ることがなかったのだ。秀吉は聚楽《じゅらく》に行幸を仰いで自ら盛儀に泣いていたが、自分の威厳をそれによって感じると同時に、宇宙の神をそこに見ていた。これは秀吉の場合であって、他の政治家の場合ではないが、権謀術数がたとえば悪魔の手段にしても、悪魔が幼児のごとくに神を拝むことも必ずしも不思議ではない。どのような矛盾も有り得るのである。

要するに天皇制というものも武士道と同種のもので、女心は変り易いから「節婦は二夫に見《まみ》えず」という、禁止自体は非人間的、反人性的であるけれども、洞察の真理において人間的であることと同様に、天皇制自体は真理ではなく、又、自然でもないが、そこに至る歴史的な発見や洞察において軽々しく否定しがたい深刻な意味を含んでおり、ただ表面的な真理や自然法則だけでは割り切れない。

まったく美しいものを美しいままで終らせたいなどと希うことは小さな人情で、私の姪の場合にしたところで、自殺などせず生きぬきそして地獄に堕ちて暗黒の広野《こうや》をさまようことを希うべきであるかも知れぬ。現に私自身が自分に課した文学の道とはかかる広野の流浪であるが、それにも拘らず美しいものを美しいままで終らせたいという小さな希いを消し去るわけにも行かぬ。未完の美は美ではない。その当然堕ちるべき地獄での遍歴に淪落《りんらく》自体が美でありうる時に始めて美とよびうるのかも知れないが、二十の処女をわざわざ六十の老醜《ろうしゅう》の姿の上で常に見つめなければならぬのか。これは私には分らない。私は二十の美女を好む。

死んでしまえば身も蓋もないというが、果してどういうものであろうか。敗戦して、結局気の毒なのは戦没《せんぼつ》した英霊達だ、という考え方も私は素直に肯定することができない。けれども、六十すぎた将軍達が尚《なお》生に恋々《れんれん》として法廷にひかれることを思うと、何が人生の魅力であるか、私には皆目分らず、しかし恐らく私自身も、もしも私が六十の将軍であったなら矢張り生に恋々として法廷にひかれるであろうと想像せざるを得ないので、私は生という奇怪な力にただ茫然たるばかりである。私は二十の美女を好むが老将軍もまた二十の美女を好んでいるのか。そして戦没の英霊が気の毒なのも二十の美女を好む意味においてであるか。そのように姿の明確なものなら、私は安心することもできるし、そこから一途に二十の美女を追っかける信念すらも持ちうるのだが、生きることは、もっとわけの分らぬものだ。

私は血を見ることが非常に嫌いで、いつか私の眼前で自動車が衝突したとき、私はクルリと振向いて逃げだしていた。けれども私は偉大な破壊が好きであった。私は爆弾や焼夷弾に戦《おのの》きながら、狂暴な破壊に劇《はげ》しく興奮していたが、それにも拘らず、このときほど人間を愛しなつかしんでいた時はないような思いがする。

私は疎開をすすめ又すすんで田舎の住宅を提供しようと申出てくれた数人の親切をしりぞけて東京にふみとどまっていた。大井広介の焼跡の防空壕を最後の拠点にするつもりで、そして九州へ疎開する大井広介と別れたときは東京からあらゆる友達を失った時でもあったが、やがて敵が上陸し四辺に重砲弾の炸裂するさなかにその防空壕に息をひそめている私自身を想像して、私はその運命を甘受し待ち構える気持になっていたのである。私は死ぬかも知れぬと思っていたが、より多く生きることを確信していたに相違ない。しかし廃墟に生き残り、何か抱負を持っていたかといえば、私はただ生き残ること以外の何の目算もなかったのだ。予想し得ぬ新世界への不思議な再生。その好奇心は私の一生の最も新鮮なものであり、その奇怪な鮮度に対する代償としても東京にとどまることを賭ける必要があるという奇妙な呪文に憑かれていたというだけであった。そのくせ私は臆病で、昭和二十年の四月四日という日、私は始めて四周に二時間にわたる爆撃を経験したのだが、頭上の照明弾で昼のように明るくなった、そのとき丁度上京していた次兄が防空壕の中から焼夷弾かと訊いた、いや照明弾が落ちてくるのだと答えようとした私は一応腹に力を入れた上でないと声が全然でないという状態を知った。又、当時日本映画社の嘱託だった私は銀座が爆撃された直後、編隊の来襲を銀座の日映の屋上で迎えたが、五階の建物の上に塔があり、この上に三台のカメラが据えてある。空襲警報になると路上、窓、屋上、銀座からあらゆる人の姿が消え、屋上の高射砲陣地すらも掩壕《えんごう》に隠れて人影はなく、ただ天地に露出する人の姿は日映屋上の十名程の一団のみであった。先ず石川島に焼夷弾の雨がふり、次の編隊が真上へくる。私は足の力が抜け去ることを意識した。煙草をくわえてカメラを編隊に向けている憎々しいほど落着いたカメラマンの姿に驚嘆したのであった。

けれども私は偉大な破壊を愛していた。運命に従順な人間の姿は奇妙に美しいものである。麹町のあらゆる大邸宅が嘘のように消え失せて余燼《よじん》をたてており、上品な父と娘がたった一つの赤皮のトランクをはさんで濠端《ほりばた》の緑草の上に坐っている。片側に余燼をあげる茫々たる廃墟がなければ、平和なピクニックと全く変るところがない。ここも消え失せて茫々ただ余燼をたてている道玄坂では、坂の中途にどうやら爆撃のものではなく自動車にひき殺されたと思われる死体が倒れており、一枚のトタンがかぶせてある。かたわらに銃剣の兵隊が立っていた。行く者、帰る者、罹《り》災者《さいしゃ》達の蜿蜒《えんえん》たる流れがまことにただ無心の流れのごとくに死体をすりぬけて行き交い、路上の鮮血にも気づく者すらおらず、たまさか気づく者があっても、捨てられた紙屑を見るほどの関心しか示さない。米人達は終戦直後の日本人は虚脱し放心していると言ったが、爆撃直後の罹災者達の行進は虚脱や放心と種類の違った驚くべき充満と重量をもつ無心であり、素直な運命の子供であった。笑っているのは常に十五六、十六七の娘達であった。彼女等の笑顔は爽やかだった。焼跡をほじくりかえして焼けたバケツへ掘りだした瀬戸物を入れていたり、わずかばかりの荷物の張番をして路上に日向ぼっこをしていたり、この年頃の娘達は未来の夢でいっぱいで現実などは苦にならないのであろうか、それとも高い虚栄心のためであろうか。私は焼野原に娘達の笑顔を探すのがたのしみであった。

あの偉大な破壊の下では、運命はあったが、堕落はなかった。無心であったが、充満していた。猛火をくぐって逃げのびてきた人達は燃えかけている家のそばに群がって寒さの暖をとっており、同じ火に必死に消火につとめている人々から一尺離れているだけで全然別の世界にいるのであった。偉大な破壊、その驚くべき愛情。偉大な運命、その驚くべき愛情。それに比べれば、敗戦の表情はただの堕落にすぎない。

だが、堕落ということの驚くべき平凡さや平凡な当然さに比べると、あのすさまじい偉大な破壊の愛情や運命に従順な人間達の美しさも、泡沫のような虚しい幻影にすぎないという気持がする。

徳川幕府の思想は四十七士を殺すことによって永遠の義士たらしめようとしたのだが、四十七名の堕落のみは防ぎ得たにしたところで、人間自体が常に義士から凡俗へ又地獄へ転落しつづけていることを防ぎうるよしもない。節婦は二夫に見えず、忠臣は二君に仕えず、と規約を制定してみても人間の転落は防ぎ得ず、よしんば処女を刺し殺してその純潔を保たしめることに成功しても、堕落の平凡な跫音《あしおと》、ただ打ちよせる波のようなその当然な跫音に気づくとき、人為の卑小さ、人為によって保ち得た処女の純潔の卑小さなどは泡沫のごとき虚しい幻像にすぎないことを見出さずにいられない。

特攻隊の勇士はただ幻影であるにすぎず、人間の歴史は闇屋となるところから始《はじま》るのではないのか。未亡人が使徒たることも幻影にすぎず、新たな面影を宿すところから人間の歴史が始まるのではないのか。そしてあるいは天皇もただ幻影であるにすぎず、ただの人間になるところから真実の天皇の歴史が始まるのかも知れない。

歴史という生き物の巨大さと同様に人間自体も驚くほど巨大

だ。生きるということは実に唯一の不思議である。六十七十の将軍達が切腹もせず轡《くつわ》を並べて法廷にひかれるなどとは終戦によって発見された壮観な人間図であり、日本は負け、そして武士道は亡びたが、堕落という真実の母胎によって始めて人間が誕生したのだ。生きよ堕ちよ、その正当な手順の外に、真に人間を救い得る便利な近道が有りうるだろうか。私はハラキリを好まない。昔、松永弾正という老獪《ろうかい》陰鬱な陰謀家は信長に追いつめられて仕方なく城を枕に討死したが、死ぬ直前に毎日の習慣通り延命の灸をすえ、それから鉄砲を顔に押し当て顔を打ち砕いて死んだ。そのときは七十をすぎていたが、人前で平気で女と戯れる悪どい男であった。この男の死に方には同感するが、私はハラキリは好きではない。

私は戦《おのの》きながら、しかし、惚れ惚れとその美しさに見とれていたのだ。私は考える必要がなかった。そこには美しいものがあるばかりで、人間がなかったからだ。実際、泥棒すらもいなかった。近頃の東京は暗いというが、戦争中は真の闇で、そのくせどんな深夜でもオイハギなどの心配はなく、暗闇の深夜を歩き、戸締なしで眠っていたのだ。戦争中の日本は嘘のような理想郷で、ただ虚しい美しさが咲きあふれていた。それは人間の真実の美しさではない。そしてもし我々が考えることを忘れるなら、これほど気楽なそして壮観な見世物はないだろう。たとえ爆弾の絶えざる恐怖があるにしても、考えることがない限り、人は常に気楽であり、ただ惚れ惚れと見とれていれば良かったのだ。私は一人の馬鹿であった。最も無邪気に戦争と遊び戯れていた。

終戦後、我々はあらゆる自由を許されたが、人はあらゆる自由を許されたとき、自らの不可解な限定とその不自由さに気づくであろう。人間は永遠に自由では有り得ない。なぜなら人間は生きており、又、死なねばならず、そして人間は考えるからだ。政治上の改革は一日にして行われるが、人間の変化はそうは行かない。遠くギリシャに発見され確立の一歩を踏みだした人性が、今日、どれほどの変化を示しているであろうか。

人間。戦争がどんなすさまじい破壊と運命をもって向うにしても人間自体をどう為しうるものでもない。戦争は終った。特攻隊の勇士はすでに闇屋となり、未亡人はすでに新たな面影によって胸をふくらませているではないか。人間は変りはしない。ただ人間へ戻ってきたのだ。人間は堕落する。義士も聖女も堕落する。それを防ぐことはできないし、防ぐことによって人を救うことはできない。人間は生き、人間は堕ちる。そのこと以外の中に人間を救う便利な近道はない。

戦争に負けたから堕ちるのではないのだ。人間だから堕ちるのであり、生きているから堕ちるだけだ。だが人間は永遠に堕ちぬくことはできないだろう。なぜなら人間の心は苦難に対して鋼鉄のごとくでは有り得ない。人間は可憐であり脆弱であり、それ故愚かなものであるが、堕ちぬくためには弱すぎる。人間は結局処女を刺殺せずにはいられず、武士道をあみださずにはいられず、天皇を担ぎださずにはいられなくなるであろう。だが他人の処女でなしに自分自身の処女を刺殺し、自分自身の武士道、自分自身の天皇をあみだすためには、人は正しく堕ちる道を堕ちきることが必要なのだ。そして人のごとくに日本もまた堕ちることが必要であろう。堕ちる道を堕ちきることによって、自分自身を発見し、救わなければならない。政治による救いなどは上皮だけの愚にもつかない物である。

本文は、読みやすさを重視し、適宜、新漢字・新仮名づかい・常用漢字・ひらがなに直す、ルビを振る、などの表記変えを行っています。

また、今日の人権意識に照らし、不当、不適切と思われる語句や表現については、作品の時代的背景と文学的価値とを考慮し、そのままとしました。

【出典一覧】

トロッコ　『蜘蛛の糸・杜子春』（芥川龍之介・新潮社）
よだかの星　『新編　銀河鉄道の夜』（宮沢賢治・新潮社）
一房の葡萄　『一房の葡萄　他四篇』（有島武郎・岩波書店）
走れメロス　『太宰治全集3』（太宰治・筑摩書房）
高瀬舟　『森鷗外集　現代日本文学全集7』（森鷗外・筑摩書房）
檸檬　『梶井基次郎　嘉村礒多　中島敦　集　日本文學全集34』（新潮社）
耳無芳一の話　『小泉八雲集　上巻』（古谷綱武編、新潮社）
堕落論　『坂口安吾全集04』（坂口安吾・筑摩書房）

大きな文字でもう一度読みたい
文豪の名作短編集

2021年8月12日　第一刷

編　纂　彩図社文芸部

発行人　山田有司

発行所　〒170-0005
株式会社　彩図社
東京都豊島区南大塚3-24-4
MTビル
TEL：03-5985-8213　FAX：03-5985-8224

印刷所　新灯印刷株式会社
URL　https://www.saiz.co.jp
https://twitter.com/saiz_sha

ISBN978-4-8013-0540-3　C0193